苏童作品系列

苏童

THE FAIR SEX
SU TONG

红粉

上海文艺出版社
Shanghai Literature & Art Publishing House

目录

红粉 - 1

离婚指南 - 55

已婚男人 - 111

平静如水 - 145

你好，养蜂人 - 193

红粉

五月的一个早晨，从营队里开来的一辆越野卡车停在翠云坊的巷口。浓妆艳抹的妓女们陆续走出来，爬上卡车的后车厢去。旁观的人包括在巷口摆烧饼摊的、卖香烟和卖白兰花的几个小贩。除此之外，有一个班的年轻士兵荷枪站在巷子两侧，他们像树一样保持直立的姿态。

最后出来的是喜红楼的秋仪和小萼。秋仪穿着花缎旗袍和高跟鞋，她倚着门，弯腰把长统袜子从小腿上往上捋。后面的是小萼，她明显是刚刚睡醒，披头散发的，眼圈下有一道黑圈。秋仪拉着小萼的手走到烧饼摊前。摊主说，秋小姐，今天还吃不吃烧饼了？秋仪说，吃，怎么不吃？她随手拿了两块，递了一块给小萼。小萼朝卡车上的人望着，她说，我不想吃，我们得上去了。秋仪仍然站着，慢慢地从钱包里找零钱，最后她把烧饼咬在嘴里，一边吃一边朝卡车前走，秋仪说，怎么不想吃？死犯杀头前还要吃顿好饭呢。

等到她们爬上车时，卡车已经嗡嗡地发动了。车上一共载了十五六个妓女，零落地站着或者坐着。在一个角落里堆着几只皮箱和包裹。秋仪和小萼站在栏杆边上,朝喜红楼的窗口望去,一条水绿色的内裤在竹竿上随风飘动。小萼说,刚才忘收了,不知道会不会下雨。秋仪说,别管那么多了,去了那儿让不让回来还不知道呢。小萼黯然地低下头,她说,把我们拉去到底干什么?秋仪说,说是检查性病,随便吧,反正我也活腻了,就是杀头我也不怕。

卡车驶过了城市狭窄的坑坑洼洼的路面,一些熟悉的饭店、舞厅和烟馆赌场呼啦啦地闪过去。妓女们心事重重,没有人想对她们的未来发表一点见解。红旗和标语在几天之内覆盖了所有街道以及墙上的美人广告,从妓女们衣裙上散发的脂粉香味在卡车的油烟中很快地稀释。街道对面的一所小学操场上,许多孩子在练习欢庆锣鼓。而大隆机器厂的游行队伍正好迎面过来,工人们挥舞纸旗唱着从北方流传过来的新歌。有人指着翠云坊过来的卡车嬉笑,还有一个人从队伍里蹦起来,朝卡车上的人吐了一口唾沫。

猪猡!妓女们朝车下骂。直到这时气氛才松弛下来,她们都挤到车挡板边上,齐声斥骂那个吐唾沫的人。但是卡车突然加速了,拉开了妓女们与街上人群的距离,她们发现卡车正在朝城北开。秋仪看见老浦从一家茶叶店出来,上了黄包车。她就朝老浦挥手,老浦没有发现什么,秋仪又喊起来,老浦,我走啦。老浦没有听见,他的瘦长的身形越缩越小,秋仪只记得老浦那天穿着银灰色西服,戴着一顶礼帽。

临时医院设在城北的一座天主教堂里,圆形拱门和窗玻璃上仍然可见不规则的弹洞,穿着白褂的军医和护士们在台阶上出出进进。有个军官站在楼梯上大声喊,翠云坊来的人都上楼去!

翠云坊的妓女们列队在布帘外等候,里面有个女声在叫着妓女们的名字,她说,一个一个来,别着急。秋仪扑哧一笑,她说,谁着急了?又不是排队买猪蹄髈。妓女们都笑起来,有人说,真恶心,好像刽猪一样的。押队的军官立刻把枪朝说话的人晃了晃,他说,不准胡说八道,这是为你们好。他的神态很威严,妓女们一下就噤声不语了。

很快叫到了小萼。小萼站着不动,她的神情始终恍恍惚惚的。秋仪揉了她一把,叫你进去呢。小萼就势抓住秋仪的手不放,她说,我怕,要不我俩一起进去。秋仪说,你怕什么?你又没染上什么脏病,让他们检查好了,不就是脱一下吗?小萼的嘴唇哆嗦着,好像快哭出来了。秋仪跺了跺脚说,没出息的货,那我就陪你进去吧。

小萼蜷缩在床上,她从小就害怕医生和酒精的气味。女军医的脸捂在口罩后面,只露出一双淡漠的细长的眼睛。她等着小萼自己动手,但小萼紧紧捂着内裤,她说,我没病,我不要检查。女军医说,都要检查,不管你有病没病。小萼又说,我身上正来着呢,多不方便。女军医不耐烦地皱了皱眉头,你这人怎么这样麻烦?那只戴着橡皮手套的手就毫不留情地伸了过来。这时候,小萼听见那边的秋仪很响地放了一个屁。她朝那边看看,秋仪朝她挤了挤眼睛。那边的女军医尖声叫了句讨厌。秋仪翻了个身说,难道屁也不让放了吗?胀死了谁负责?小萼不由得捂住嘴笑了。布帘外面的人也一齐笑起来,紧接着响起那个年轻军官的声音,不准嘻嘻哈哈,你们以为这是窑子吗?

其他楼里有几个女孩被扣留了,她们坐在一张条椅上,等候处理。有人在嘤嘤哭泣,一个叫瑞凤的女孩专心致志地啃着指甲,然后把指甲屑吐在地上。她们被查明染上了病,而另外的妓女们开始陆续走下教堂的台阶。

秋仪和小萼挽着手走。小萼的脸苍白无比,她环顾着教堂的破败建筑,掏出手绢擦拭着额角,然后又擦脖颈、手臂和腿。小萼说,我觉得我身上脏透了。秋仪说,你知道吗?我那个屁是有意放的,我心里憋足了气。小萼说,以后怎么办?你知道他们会把我们弄到哪里去?秋仪叹了口气说,谁知道?听说要让我们去做工。我倒是不怕,我担心你吃不了那个苦。小萼摇了摇头,我也不怕,我就是不知道以后的日子该怎么过,心里发慌。

那辆黄绿色的大卡车仍然停在临时医院门口,女孩们已经坐满了车厢。秋仪走到门口脸色大变,她说,这下完了,他们不让回翠云坊了。小萼说,那怎么办?我还没收拾东西呢。秋仪轻声说,我们躲一躲再说。秋仪拉着小萼悄悄转到了小木房的后面。小木房后面也许是士兵们解决大小便的地方,一股强烈的尿臊味呛得她们捂住了鼻子。她们没有注意到茅草丛里蹲

红粉 5

着一个士兵，士兵只有十八九岁，长着红润的圆脸，他一手拉裤子，一手用步枪指着秋仪和小萼，小萼吓得尖叫了一声。她们只好走出去，押车的军官高声喊着，快点快点，你们两个快点上车。

秋仪和小萼重新站到了卡车上。秋仪开始咒骂不迭，她对押车的军官喊，要杀人吗？要杀人也该打个招呼，不明不白地把我们弄到哪里去？军官不动声色地说，你喊什么，我们不过是奉命把你们送到劳动训练营去。秋仪跺着脚说，可是我什么也没带，一文钱也没有，三角裤也没有换的，你让我怎么办？军官说，你什么也不用带，到了那里每人都配给一套生活必需品。秋仪说，谁要你们的东西，我要带上我自己的，金银首饰，旗袍丝袜，还有月经带，你们会给我吗？这时候军官沉下了脸，他说，我看你最不老实，再胡说八道就一枪崩了你。

小萼紧紧捏住秋仪的手，她说，你别说了，我求求你别再说了。秋仪说我不信他敢开枪。小萼呜咽起来，她说都到这步田地了，还要那些东西干什么，横竖是一刀，随它去吧。远远地可以看见北门的城墙了，城墙上插着的红旗在午风中款款飘动。车上的女孩们突然意识到卡车将把她们抛出熟稔而繁华的城市，有人开始号啕大哭。长官，让我们回去！这样的央求声此起彼伏。而年轻的军官挺直腰板站在一侧，面孔铁板，丝毫不为所动。靠近他的女孩能感觉到他的呼吸非常急促，并且夹杂着一种浓重的蒜臭味。

卡车经过北门的时候放慢了速度。秋仪当时的手心沁出了许多冷汗,她用力握了握小萼的手指,纵身一跃,跳出了卡车。小萼看见秋仪的身体在城门砖墙上蹭了一下,又弹回到地上。事情发生得猝不及防,车上响起一片尖叫声。小萼惊呆了,紧接着的反应就是去抓年轻军官的手,别开枪,放了她吧。小萼这样喊着,看见秋仪很快从地上爬起来,她把高跟鞋踢掉了,光着双脚,一手撩起旗袍角飞跑,秋仪跑得很快,眨眼工夫就跑出城门洞消失不见了。年轻军官朝天放了一次空枪,小萼听见他用山东话骂了一句不堪入耳的脏话:操不死的臭婊子。

一九五〇年暮春,小萼来到了位于山洼里的劳动训练营。这也是小萼离开家乡横山镇后涉足的第二个地方。训练营是几排红瓦白墙的平房,周围有几棵桃树。当她们抵达的时候,粉红色的桃花开得正好,也就是这些桃花使小萼感到了一丝温暖的气息,在桃树前她终于止住了啜泣。

四面都是平缓逶迤的山坡,有一条土路通往山外,开阔地上没有铁丝网,但是路口矗立着一座高高的哨楼,士兵就站在哨楼上瞭望营房的动静。瑞凤一来就告诉别人,她以前来过这里,那会儿是日本兵的营房。小萼说,你来这里干什么?瑞凤咬着指甲说,陪他们睡觉呀,我能干啥?

宿舍里没床,只有一条用砖砌成的大统铺。军官命令妓女们自由选择,六个人睡一条铺。瑞凤对小萼说,我们挨着睡吧。小萼坐在铺上,看着土墙上斑驳的水渍和蜘蛛网,半晌说不出话。她想起秋仪,秋仪不知逃到哪里去了,如果她在身

红粉 7

边,小萼的心情也许会好得多。这些年来秋仪在感情上已经成为小萼的主心骨,什么事情她都依赖秋仪,秋仪不在她就更加心慌。

在训练营的第一夜,妓女们夜不成寐。铺上有许多跳蚤和虱子,墙洞里的老鼠不时地跳上妓女们的脸,宿舍里的尖叫和咒骂声响成一片。瑞凤说,这他妈哪里是人待的地方?有人接茬说,本来就没把你当人看,没有一枪崩了就算便宜你了。瑞凤又说,让我们来干什么,陪人睡觉吗?妓女们笑起来,都说瑞凤糊涂透顶。半夜里有人对巡夜的哨兵喊,睡不着呀,给一片安眠药吧!哨兵离得远远地站着,他恶声恶气地说,让你们闹,明天就让你们干活去。你们以为上这儿来享福吗?让你们来是劳动改造脱胎换骨的。睡不着?睡不着就别睡!

改造是什么意思?瑞凤问小萼。

我不懂。小萼摇了摇头,我也不想弄懂。

什么意思?就是不让你卖了。有个妓女嘻嘻地笑着说,让你做工,让你忘掉男人,以后再也不敢去拉客。

到了凌晨时候,小萼迷迷糊糊地睡了一会儿,这期间她连续做了好几个噩梦。直到后来妓女们一个个地坐到尿桶上去,那些声音把她惊醒了。小萼的身体非常疲乏,好像散了架。她靠在墙上,侧脸看着窗外。一株桃花的枝条斜陈窗前,枝上的桃花蕊里还凝结着露珠。小萼就伸出手去摘那些桃花,这时候她听见从哨楼那里传来了一阵号声。小萼打了个冷颤,她清醒地意识到一种新的陌生的生活已经开始了。

秋仪回到喜红楼时，天已经黑透了。门口的灯笼摘掉了，秋仪站在黑暗中拢了拢凌乱的头发。楼门紧闭着，里面隐约传来搓麻将牌的声音。秋仪敲了很久，鸨母才出来开门，她很吃惊地说，怎么放你回来了？秋仪也不答话，径直朝里走。鸨母跟在后面说，你是逃回来的？你要是逃回来的可不行，他们明天肯定还要上门，现在外面风声很紧。秋仪冷笑了一声说，我都不怕，你怕什么？我不过是回来取我的东西。鸨母说，取什么东西？你的首饰还有细软刚才都被当兵的没收了。秋仪噔噔地爬上楼梯，她说，别跟我来这一套，你吞了我的东西就不怕天打雷劈？

房间里凌乱不堪，秋仪的首饰盒果然找不到了，她就冲到客厅里，对打麻将的四个人说，怎么，现在就开始把我的首饰当筹码了？鸨母仍然在摸牌，她说，秋仪你说话也太过分了，这么多年我待你像亲生女，我会吞你的血汗钱吗？秋仪不屑地一笑，她说，那会儿你指望我赚钱，现在树倒猢狲散，谁还不知道谁呀？鸨母沉下脸说，你不相信可以去找，我没精神跟你吵架。秋仪说，我也没精神，不过我这人不是好欺的主，什么事我都敢干。鸨母厉声说，你想怎么样？秋仪抱着臂绕着麻将桌走了一圈，突然说，点一把火最简单了，省得我再看见这个臭烘烘的破窑子。鸨母冷笑了一声，她说，谅你也没这个胆子，你就不怕我喊人挖了你的小×喂狗吃。秋仪说，我怕什么，我十六岁进窑子就没怕过什么，挖×算什么？挖心也不怕!

秋仪奔下楼去,她从墙上撕下一张画就到炉膛里去引火,打麻将的人全跑过来拉扯秋仪的手。秋仪拼命地挥着那卷火苗喊,烧了,烧了,干脆把这窑子烧光,大家都别过了。拉她的人说,秋仪你疯了吗?秋仪说,我是疯了,我十六岁进窑子就疯了。楼下正乱作一团时,鸨母从楼梯上扔下一个小包裹,鸨母气急败坏地说,都在里面了,拿着滚蛋吧,滚吧。

后来秋仪夹着小包裹走出了翠云坊。夜已经深了,街上静寂无人。秋仪走到街口,一种前所未有的悲怆之情袭上心头。回头看看喜红楼,小萼的内裤仍然在夜空中飘动。她很为小萼的境况担忧,但是秋仪无疑顾不上许多了。短短几日内物是人非,女孩都被永远地逐出了翠云坊。在一盏昏黄的路灯下,秋仪辨认了一下方向。她决定去城北寻找老浦,不管怎么样,老浦应该是她投靠的第一个人选。

老浦住在电力公司的单身公寓里。秋仪到那里时,守门人刚刚打开铁门。守门人告诉秋仪说,老浦不在,老浦经常夜不归宿。秋仪说,没关系,我上楼去等他。秋仪想她其实比守门人更了解老浦。

秋仪站在老浦的房间前,耐心地等候。公寓里的单身职员们陆续拿着毛巾和茶杯走进盥洗间。有人站在水池前回头仔细地看秋仪的脸,然后说,好像是翠云坊来的。秋仪只当没听见,她掏出一支香烟慢慢地吸着,心里猜测着老浦的去向。老浦也许去茶楼喝早茶了,也许搭上了别的楼里的姑娘,他属于那种最会吃喝玩乐的男人。

你怎么上这儿来了？正等得心焦时，老浦回来了。老浦掏出钥匙打开门，一只手就把秋仪拉了进来。

没地方去了。秋仪坐到沙发上，说，解放军把翠云坊整个封了，一卡车人全部拖到山沟里，我是跳车逃走的。

我听说了。老浦皱了皱眉头，他盯着秋仪说，那么你以后准备怎么办？

天知道该怎么办。现在外面风声还紧，他们在抓人，抓去做苦工，我才不去做工。这一阵我就在你这儿躲一躲了，老浦，我跟你这点情分总归有吧？

这点忙我肯定要帮。老浦把秋仪抱到他腿上，又说，不过这儿人多眼杂，我还是把你接到我家里去吧，对外人就说是新请的保姆。

为什么要这样作践人，就不能说是新婚的太太吗？秋仪搂住老浦的脖子亲了一下，又在他背上捶了一拳。

好吧，你愿意怎样就怎样。老浦的手轻柔地拎起秋仪的旗袍朝内看看，嘴里嘘了一口气，他说，秋仪，我见你就没命，你把我的魂给抢走啦。

秋仪朝地上啐了一口，她说，甜言蜜语我不稀罕，我真想拿个刀子把你们男人的心挖出来看看，看看是什么样子，什么颜色。说不定挖出来的是一摊烂泥，那样我也就死了心了。

两个人在无锡馄饨馆吃了点三鲜馄饨和小笼包，在路上拦了一辆黄包车。老浦说，现在我就带你回家。秋仪用一块丝巾蒙住半个脸，挽着老浦的手经过萧条而紊乱的街市。电影院仍然在放映好莱坞的片子，广告画上的英雄和美女一如既往地情意绵绵。秋仪指着广告说，你看那对男女，假的。老浦不解地问，什么假的？秋仪说，什么都是假的，你对我好是假的，我讨你欢心也是假的，他们封闭翠云坊也是假的，我就不相信男人会不喜欢逛窑子，把我们撵散了这世界就干净了吗？

　　黄包车颠簸着来到一条幽静的街道上，老浦指着一座黄色的小楼说，那是我家，是我父亲去世前买的房产，现在就我母亲带一个佣人住，空了很多房间。秋仪跳下车，她问老浦，我该怎么称呼你母亲？老浦说，你就叫她浦太太好了。秋仪说，咳，我就不会跟女人打交道。她知道我的身份吗？最好她也干过我这行，那就好相处了。老浦的脸马上就有点难看，他说，你别胡说八道。我母亲是很有身份的人，见了她千万收敛点，你就说是我的同事，千万别露出马脚。秋仪笑了笑，这可难说，我这人不会装假。

　　浦太太坐在藤椅上打毛线。秋仪一见她的又大又亮的眼睛，心里就虚了三分。长着这种马眼的女人大凡都是很厉害的。见面的仪式简单而局促，秋仪心不在焉地左顾右盼，她始终感觉到浦太太尖锐的目光在她的全身上下敲敲打打的，浦太太的南腔北调的口音在秋仪听来也很刺耳。

　　女佣把秋仪领到楼上的房间，房间显然空关已久了，到处积满灰尘。女佣说，小姐先到会客间坐坐，我马上来打扫。秋仪挥挥手，你下去吧，等会儿我自己来打扫。秋仪把窗户拉开朝花园里俯视，老浦和浦太太还站在花园里说话。秋仪听见浦太太突然提高嗓门说，你别说谎了，我一眼就看得出她是什么货色，你把这种女人带回家，就不怕别人笑话！秋仪知道这是有意说给她听的。她不在乎，她从小就是这样，不在乎别人怎么说她，说了也是白说。

从早晨到傍晚，小萼每天要缝三十条麻袋。其他人也一样，这是规定的任务，缝不完的不能擅自下工。这群年轻女人挤在一间昔日的军械库里缝麻袋，日子变得冗长而艰辛。那些麻袋是军用物资，每天都有卡车来把麻袋运出劳动营去。

小萼看见自己的纤纤十指结满了血泡，她最后连针也抓不住了。小萼面对着一堆麻袋片黯然垂泪，她说，我缝不完了，我的手指快掉下来了。边上的人劝慰说，再熬几天，等到血泡破了就结老茧了，结了老茧就好了。最后人都走空了，只留下小萼一个人陷在麻袋堆里。暮色渐浓，小萼听见士兵在门外来回踱步，他焦躁地喊，八号，你还没缝完呐，每天都是你落后。小萼保持僵直的姿势坐在麻袋上，她想我反正不想缝了，随便他们怎样处理我了。昔日的军械库弥漫着麻草苦涩的气味，夜色也越来越浓，值班的士兵啪地开了灯，他冲着小萼喊，八号，你怎么坐着不动？小心关你的禁闭。小萼慢慢地举起她的手指给士兵看，她想解释什么，却又懒得开口说话。那个士兵嘟哝着就走开了。小萼后来听见他在唱歌：解放区的天是晴朗的天，解放区的人民好喜欢。

大约半个小时以后，值班的士兵走进工场，看见小萼正在往房梁上拴绳套，小萼倦怠地把头伸到绳套里，一只手拉紧了绳子。士兵大惊失色，他叫了一声，八号，不许动！急急地开了一记朝天空枪。小萼回头看着士兵，她用手护着脖子上的绳套说，你开枪干什么？我又不逃跑。士兵冲过来拉绳子，他说你想死吗？小萼漠然地点点头，我想死，我缝不完三十条麻袋，你让我怎么办呢？

营房里的人听到枪声都往这边跑。妓女们扒着窗户朝里面张望。瑞凤说，小萼，他开枪打你吗？年轻的军官带着几个士兵，把小萼推出了工场。小萼捂着脸踉跄着朝外走，她边哭边说，我缝不完三十条麻袋了，除了死我没有办法。她听见妓女们一起大声恸哭起来。军官大吼，不准哭，谁再哭就毙了谁。马上有人叫起来，死也不让死，哭又不让哭，这种日子怎么过？不如把我们都毙了吧。不知是谁领头，一群妓女冲上来抱住了军官和士兵的腿，撕扯衣服，抓捏他们的裤裆，营房在霎时间混乱起来。远处哨楼上的探照灯打过来，枪声噼啪地在空中爆响。小萼跳到一堵墙后，她被自己点燃的这场战火吓呆了，这结果她没有想到。

妓女劳动营发生的骚乱后来曾经见诸报端，这是一九五〇年暮春的事。新闻总是简洁笼统的，没有提小萼的名字，当然更没有人了解小萼是这场骚乱的根源。

第二天早晨小萼被叫到劳动营的营部。来了几个女干部，一式地留着齐耳短发，她们用古怪的目光打量了小萼一番，互相窃窃私语,后来就开始了漫长的谈话。

夜里小萼没有睡好,当她意识到自己惹了一场风波以后一直提心吊胆。如果他们一枪杀了她结果倒不算坏,但是如果他们存心收拾她要她缝四十条甚至五十条麻袋呢?她就只好另寻死路了。如果秋仪在,秋仪会帮她的,可是秋仪抛下她一个人逃了。整个谈话持续了一个上午,小萼始终恍恍惚惚的,她垂头盯着脚尖,她看见从翠云坊穿来的丝袜已经破了一个洞,露出一颗苍白而浮肿的脚趾。

小萼,请你说说你的经历吧。一个女干部对小萼微笑着说,别害怕,我们都是阶级姐妹。

小萼无力地摇了摇头,她说,我不想说,我缝不完三十条麻袋,就这些,我没什么可说的。

你这个态度是不利于重新做人的。女干部温和地说,我们想听听你为什么想到去死,你有什么苦就对我们诉,我们都是阶级姐妹,都是在苦水里泡大的。

我说过了,我的手上起血泡,缝不完三十条麻袋。我只好去死。

这不是主要原因。你被妓院剥削压迫了好多年,你苦大仇深,又无力反抗,你害怕重新落到敌人的手里,所以你想到了死,我说得对吗?

我不知道。小萼依然低着头看丝袜上的洞眼,她说,我害怕极了。

千万别害怕。现在没有人来伤害你了。让你们来劳动训练营是改造你们，争取早日回到社会重新做人。妓院是旧中国的产物，它已经被消灭了。你以后想干什么？想当工人，还是想到商店当售货员？

我不知道。干什么都行，只要不太累人。

好吧。小萼，现在说说你是怎么落到鸨母手中的。我们想帮助你，我们想请你参加下个月的妇女集会，控诉鸨母和妓院对你的欺凌和压迫。

我不想说。小萼说，这种事怎么好对众人说？我怎么说得出口？

没让你说那些脏事。女干部微红着脸解释说，是控诉，你懂吗？比如你可以控诉妓院怎样把你骗进去的，你想逃跑时他们又怎样毒打你的。稍微夸张点没关系，主要是向敌人讨还血债，最后你再喊几句口号就行了。

我不会控诉，真的不会。小萼淡漠地说，你们可能不知道，我到喜红楼是画过押立了卖身契的，再说他们从来没有打过我，我规规矩矩地接客挣钱，他们凭什么打我呢？

这么说，你是自愿到喜红楼的？

是的，小萼又垂下头，她说，我十六岁时爹死了，娘改嫁了，我只好离开家乡到这儿找事干。没人养我，我自己挣钱养自己。

那么你为什么不到缫丝厂去做工呢？我们也是苦出身，我们都进了缫丝厂，一样可以挣钱呀。

你们不怕吃苦，可我怕吃苦。小萼的目光变得无限哀伤，她突然捂着脸呜咽起来,她说,你们是良家妇女,可我天生是个贱货。我没有办法,谁让我天生就是个贱货。

妇女干部们一时都无言以对,她们又对小萼说了些什么就退出去了。然后进来的是那些穿军服的管教员。有一个管教员把一只小包裹扔到小萼的脚下,说,八号,你姐姐送来的东西。小萼看见外面的那条丝巾就知道是秋仪托人送来的。她打开包裹,里面塞着丝袜、肥皂、草纸和许多零食,小萼想秋仪果真没有忘记她,茫茫世界变幻无常,而秋仪和小萼的姐妹情谊是难以改变的。小萼剥了一块太妃夹心糖含在嘴里,这块糖在某种程度上恢复了小萼对生活的信心。后来小萼嚼着糖走过营房时,自然又扭起了腰肢,小萼是个细高挑的女孩,她的腰像柳枝一样细柔无力。在麻袋工场的门口,小萼又剥了一块糖,她看见一个士兵站在桃树下站岗,小萼对他妩媚地笑了笑,说,长官你吃糖吗?士兵皱着眉扭转脸去,他说,谁吃你的糖?也不嫌恶心。

去劳动营给小萼送东西的是老浦。老浦起初不肯去,无奈秋仪死磨硬缠,秋仪说,老浦你有没有人味就看这一回了。老浦说,哪个小萼?就是那个瘦骨嶙峋的黄毛丫头?秋仪说,你喜欢丰满,自然也有喜欢瘦的,也用不着这样损人家,人家小萼还经常夸你有风度呢,你说你多浑。

秋仪不敢随便出门,无所事事的生活中最主要的内容是睡觉。白天一个人睡,夜里陪老浦睡。在喜红楼的岁岁月月很飘逸地一闪而过，如今秋仪身份不明，她想以后依托的也许还是男人，也许只是她多年积攒下来的那包金银细软。秋仪坐在床上，把那些戒指和镯子之类的东西摆满了一床，她估量着它们各自的价值，这些金器就足够养她五六年了，秋仪对此感到满意。有一只镯子上镌着龙凤图案，秋仪最喜欢，她把它套上腕子。这时候她突然想到小萼，小萼也有这样一只龙凤镯，但是小萼临去时一无所有。秋仪无法想象小萼将来的生活，女人一旦没有钱财就只能依赖男人，但是男人却不是可靠的。

　　一晃半个月过去了，秋仪察觉到浦太太对她的态度越来越恶劣。有一天在饭桌上浦太太开门见山地问她，秋小姐，你准备什么时候离开我家呢？秋仪说，怎么，下逐客令吗？浦太太冷笑了一声说，你不是什么客人，我从来没请你到我家来，我让你在这儿住半个月就够给面子了。秋仪不急不恼地说，你别给我摆这副脸，老娘不怕，有什么对你儿子说去，他让我走我就走。浦太太摔下筷子说，没见过你这种下贱女人，你以为我不敢对他说。

　　这天老浦回家后就被浦太太拦在花园里了。秋仪听见浦太太对他又哭又闹的，缠了好半天，秋仪觉得好笑，她想浦太太也可怜，这是何苦呢？她本来就没打算赖在浦家，她只是不喜欢被驱逐的结果，太伤面子了。

　　老浦上楼后脸上很尴尬。秋仪含笑注视着他的眼睛，等着他说话。秋仪想她倒要看看老浦怎么办。老浦跑到盥洗间洗淋浴。秋仪说，要我给你擦背吗？老浦说，不要了，我自己来。

秋仪听见里面的水溅得哗哗地响,后来就传来老浦闷声闷气的一句话,秋仪,明天我另外给你找个住处吧。秋仪愣了一会儿。秋仪很快就把盥洗间的门踢开了,她指着老浦说,果然是个没出息的男人,我算看错你了。老浦的嘴凑在水龙头上,吐了一口水说,我也没办法,换个地方也好,我们一起不是更方便吗?秋仪不再说话,她飞速地收拾好自己的东西,全部塞到刚买的皮箱里。然后她站到穿衣镜前,梳好头发,淡淡地化了妆。老浦在腰间围了条浴巾出来,他说,你这就要走?你想去哪里?秋仪说,你别管,把钱掏出来。老浦疑惑地说,什么钱?秋仪啪地把木梳砸过去,你说什么钱?我陪你这么多天,你想白嫖吗?老浦捡起木梳放到桌上,他说,这多没意思,不过是换个住处,你何必生这么大的气?秋仪仍然柳眉倒竖,她又踢了老浦一脚。你倒是给我掏呀,只当我最后一次接客,只当我接了一条狗。老浦咕哝着从钱包里掏钱,他说,你要多少,你要多少我都给你。这时候秋仪终于哭出声来,她抓过那把钞票拦腰撕断,又摔到老浦的脸上。秋仪说,谁要你的钱,老浦,我要过你的钱吗?你这个没良心的东西。老浦躲闪着秋仪的攻击,他坐到沙发上喘着气说,那么你到底要怎么样呢?你既然不想走就再留几天吧。秋仪已经拎起了皮箱,她尖叫了一声,我不稀罕!然后就奔下楼去。在花园里她撞见了浦太太,浦太太以一种幸灾乐祸的表情看着秋仪的皮箱,秋仪呸地对她吐了一口唾沫,她说,你这个假正经的女人,我咒你不得好死。

秋仪起初是想回家的。她坐的黄包车已经到了她从小长大的棚户区，许多孩子在煤渣路上追逐嬉闹，空中挂满了滴着水的衣服和尿布，她又闻到了熟悉的贫穷肮脏的酸臭味。秋仪看见她的瞎子老父亲坐在门口剥蚕豆，她的姑妈挽着袖子从一口缸里捞咸菜，在他们的头顶是那块破烂的油毡屋顶，一只猫正蹲伏在那里。车夫说，小姐下车吗？秋仪摇了摇头，往前走吧，一直往前走。在经过父亲身边时，秋仪从手指上摘下一只大方戒，扔到盛蚕豆的碗里。父亲竟然不知道，他仍然专心地剥着蚕豆，这让秋仪感到一种揪心的痛苦。她用手绢捂住脸，对车夫说，走吧，再往前走。车夫说，小姐你到底要去哪里？秋仪说，让你走你就走，你怕我不付车钱吗？

路边出现了金黄色的油菜花地，已经到了郊外的乡村了。秋仪环顾四周的乡野春景，在一大片竹林的簇拥中，露出了玩月庵的黑瓦白墙。秋仪站起来，她指着玩月庵问车夫，那是什么庙？车夫说，是个尼姑庵。秋仪突然自顾笑起来，她说，就去那儿，干脆剃头当尼姑了。

秋仪拎着皮箱穿过竹林，有两个烧香的农妇从玩月庵出来，狐疑地盯着秋仪看，其中一个说，这个香客是有钱人。秋仪对农妇们笑了笑，她站在玩月庵的朱漆大门前，回头看了看泥地上她的人影，在暮色和夕光里那个影子显得单薄而柔软。秋仪对自己说，就在这儿，干脆剃头当尼姑了。

庵堂里香烟缭绕，供桌上的松油灯散着唯一的一点亮光。秋仪看见佛龛后两个尼姑青白色的脸，一个仍然年轻，一个非常苍老。她们漠然地注视着秋仪,这位施主要烧香吗?秋仪沉没在某种无边的黑暗中,多日来紧张疲乏的身体在庵堂里猛然松弛下来。她跪在蒲团上对两个尼姑磕了一记响头,她说,两位师傅收下我吧,我已经无处可去。两个尼姑并不言语。秋仪说,让我留在这里吧,我有很多钱,我可以养活你们。那个苍老的尼姑这时候捻了捻佛珠,飞快地吟诵了几句佛经,年轻的则掩嘴偷偷地笑了。秋仪猛地抬起头,她的眼睛里流露出极度的焦躁和绝望,秋仪的手拚命敲着膝下的蒲团,厉声喊道,你们聋了吗?你们听不见我在求你们?让我当尼姑,让我留在这里,你们再不说话我就放一把火,烧了这个尼姑庵,我们大家谁也活不成。

秋仪怎么也忘不了在玩月庵度过的第一个夜晚。她独自睡在堆满木柴和农具的耳房里,窗台上点着一支蜡烛。夜风把外面的竹林吹得飒飒地响,后来又淅淅沥沥地下起了雨。秋仪在雨声中辗转反侧,想想昨夜的枕边还睡着老浦,仅仅一夜之间脂粉红尘就隔绝于墙外。秋仪想这个世界确实是诡谲多变的,一个人活过了今天不知道明天会发生什么事,谁会想到喜红楼的秋仪现在进了尼姑庵呢?

很久以后,小萼听说了秋仪削发为尼的事情。老浦有一天到劳动营见了小萼,他说的头一句话就是秋仪进尼姑庵了。小萼很吃惊,她以为老浦在说笑话。老浦说,是真的,我也才知道这事。我去找她,她不肯见我。小萼沉默了一会儿,眼圈就红了。小萼说,这么说你肯定亏待了秋仪,要不然她绝不会走这条路。老浦愁眉苦脸地说，一言难尽，我也有我的难处。小萼说，秋仪对你有多好，翠云坊的女孩有这份痴心不容易，老浦你明白吗？老浦说我明白，现在只有你小萼去劝她了，秋仪听你的话。小萼苦笑起来，她说老浦你又糊涂了，我怎么出得去呢？我要出去起码还有半年，而且要劳动表现特别好，我又干不好，每天只能缝二十条麻袋，我自己也恨不能死。

两人相对无言，他们坐在哨楼下的两块石头上。探视时间是半个钟头。小萼仰脸望了望哨楼上的哨兵说，时间快到了，老浦你再跟我说点儿别的吧。老浦问，你想听点什么？小萼低下头去看着地上的石块，随便说点儿什么，我什么都想听。老浦呆呆地看着小萼尖削的下颏，伸过手去轻轻地摸了一下，他说，小萼，你瘦得真可怜。小萼的肩膀猛地缩了起来，她侧过脸去，轻声说，我不可怜，我是自作自受，谁也怨不得。

老浦给小萼带来了另外一个坏消息，喜红楼的鸨母已经离开了本地，小萼留在那里的东西也被席卷而空了。小萼哀怨地看了老浦一眼，说，一点没留下吗？老浦想了想说，我在门口捡到一只胭脂盒，好像是你用过的，我把它带回家了。小萼点点头，说，一只胭脂盒，那么你就替我留着它吧。

事实上小萼很快就适应了劳动营内的生活，她是个适应性很强的女孩。缝麻袋的工作恢复了良好的睡眠，小萼昔日的神经衰弱症状不治而愈。夜里睡觉的时候，瑞凤的手经常伸进她的被窝，在小萼的胸脯和大腿上摸摸捏捏的，小萼也不恼，她把瑞凤的手推开，自顾睡了。有一天她梦见一只巨大的长满黑色汗毛的手，从上至下慢慢地掠过她的身体，小萼惊出了一身汗。原来还是瑞凤的手在作怪，这回小萼生气了，她狠狠地在瑞凤的手背上掐了一记，不准碰我，谁也别来碰我！

在麻袋工场里，小萼的眼前也经常浮现出那只男人的手，有时候它停在空中保持静止，有时候它在虚幻中游过来，像一条鱼轻轻地啄着小萼的敏感部位。小萼面红耳赤地缝着麻袋，她不知道那是谁的手，她不知道那只手意味着什么内容，只模糊感觉到它是昔日生活留下的一种阴影。

到了一九五二年的春天，小萼被告知劳动改造期满，她可以离开劳动营回到城市去了。小萼听到这个消息时手足无措，她的瘦削的脸一下子又无比苍白。妇女干部问，难道你不想出去？小萼说，不，我只是不知道出去后该怎么办，我有点害怕。妇女干部说，你现在可以自食其力重新做人了，我们会介绍你参加工作的，你也可以为祖国建设贡献力量了。妇女干部拿出一沓表格，说，这里有许多工厂在招收女工，你想选择哪一家呢？小萼翻看了一下表格，说，我不懂，哪家工厂的活最轻我就去哪家。妇女干部叹了口气说，看来你们这些人的思想是改造不好的，那么你就去玻璃瓶加工厂吧，你这人好吃懒做，就去拣拣玻璃瓶吧。

在玩月庵的开始那些日子，秋仪仍然习惯于对镜梳妆。她看见镜子里的脸日益泛出青白色来，嘴唇上长了一个火疱。她摸摸自己最为钟爱的头发，心想这些头发很快就要从她身上去除，而她作为女人的妩媚也将随之消失。秋仪对此充满了惶恐。

老尼姑选择了一个吉日良辰给秋仪剃发赐名。刀剪用红布包着放在供台上，小尼姑端着一盆清水立于侧旁。秋仪看着供台上的刀剪，双手紧紧捧住自己的头发。秋仪突然尖声叫起来，我不剃，我喜欢我的头发。老尼姑说，你尘缘未断，本来就不该来这里，你现在就走吧。秋仪说，我不剃发，我也不走。老尼姑说，这不行，留发无佛，皈佛无发，你必须作出抉择。秋仪怒睁双眼，她跺跺脚说，好，用不着你来逼我，我自己铰了它。秋仪抓起剪刀，另一只手朝上拎起头发，刷地一剪下去；满头的黑发轻飘飘地纷纷坠落在庵堂里，秋仪就哭着在空中抓那些发丝。

秋仪剃度后的第三天，老浦闻讯找到了玩月庵。那天没有香火，庵门是关着的。老浦敲了半天门，出来开门的就是秋仪。秋仪看看是老浦，迅速地把门又顶上了，她冲着老浦说了一个字，滚。老浦乍地没认出是秋仪，等他反应过来已经晚了。秋仪在院子里对谁说，别开门，外面是个小偷。老浦继续敲门，里面就没有动静了。老浦想想不甘心，他绕到庵堂后面，想从院墙上爬过去，但是那堵墙对老浦来说太高了，老浦从来没干过翻墙越窗这类事。老浦只好继续敲门，同时他开始拼命地推。慢慢地听见里面的门闩活动了，门掩开了一点。老浦试着将头探了进去，他的肩膀和身体卡在门外。秋仪正站在门后，冷冷地盯着老浦伸进来的脑袋。老浦说，秋仪，我总算又见到你了，你跟我回去吧。秋仪用双手捂住了她的头顶，这几乎是一个下意识的动作。老浦竭力在门缝里活动,他想把肩膀也挤进去。老浦说,秋仪,你开开门呀,我有好多话对你说,你干什么把头发剃掉呢?现在外面没事了,你用不着东躲西藏了,可你为什么要把头发剃掉呢?老浦的一只手从门缝里伸进来,一把抓住了秋仪的黑袍。秋仪像挨了烫一样跳起来,她说,你别碰我!老浦抬起眼睛哀伤地凝视着秋仪,秋仪仍然抱住她的头,她尖声叫起来,你别看我!老浦的手拼命地在空中划动,想抓住秋仪的手,门板被挤压得嘎嘎地响。这时候秋仪突然从门后操起了一根木棍,她把木棍举在半空中对老浦喊,出去,给我滚出去,你再不滚我就一棍打死你。

老浦沮丧地站在玩月庵的门外,听见秋仪在里面呜呜地哭了一会儿。老浦说,秋仪你别犟了,跟我回去吧,你想结婚我们就结婚,你想怎样我都依你。但是秋仪已经踢踢跶跶地走掉了。老浦面对着一片死寂,只有茂密的竹林在风中飒飒地响,远远的村舍里一只狗在断断续续地吠。玩月庵距城市十里之遥,其风光毕竟不同于繁华城市。这一天老浦暗暗下决心跟秋仪断了情丝,他想起自己的脑袋夹在玩月庵的门缝里哀求秋仪,这情景令他斯文扫地。老浦想世界上有许多丰满的如花似玉的女人,他又何苦天天想着秋仪呢,秋仪不过是翠云坊的一个妓女罢了。

一九五二年,老浦的阔少爷的奢侈生活遭到粉碎性的打击,浦家的房产被政府没收,从祖上传下来的巨额存款也被银行冻结。老浦的情绪极其消沉,他天天伏在电力公司的写字桌上打瞌睡。有一天,老浦接到一个电话,是小萼打来的。小萼告诉老浦她出来了,她想让老浦领她去见秋仪。老浦说,找她干什么?她死掉一半了,你还是来找我,我老浦好歹还算活着。

在电力公司的门口,老浦看见小萼从大街上姗姗而来。小萼穿着蓝卡其列宁装,黑圆口布鞋,除了走路姿势和左顾右盼的眼神,小萼的样子与街上的普通女性并无二致。小萼站在阳光里对老浦嫣然一笑,老浦的第一个感觉就是她比原先漂亮多了,他的心为之怦然一动。

正巧是吃午饭的时间,老浦领着小萼朝繁华的饭店街走。老浦说,小萼你想吃西餐还是中餐?小萼说,西餐吧,我特别想吃猪排、牛排,还有罐焖鸡,我已经两年没吃过好饭了。老浦笑着连声允诺,手却在西装口袋里紧张地东掏西挖,今非昔比,老浦现在经常是囊中羞涩的。老浦估量了一下口袋里的钱,心想自己只好饿肚子了。后来两个人进了著名的企鹅西餐社,老浦点菜都只点一份,自己要了一杯荷兰水。小萼快活地将餐巾铺在膝上,说,我的口水都要流下来了。老浦说,只要你高兴就行,我已经在公司吃过了,我陪你喝点酒水吧。

后来就谈到了秋仪。小萼说,我真不相信,秋仪那样的人怎么当了姑子?她是个喜欢热闹的人。老浦说,鬼知道,这世道乱了套,什么都乱了。小萼用刀叉指了指老浦的鼻子,说,你薄情寡义,秋仪恨透了你才走这条路。老浦摊开两只手说,她恨我我恨谁去？我现在也很苦，顾不上她了。小萼沉默了一会儿，叹口气说，秋仪好可怜，不过老浦你说得也对，如今大家只好自顾自了。

侍者过来结账，幸好还没有出洋相。老浦不失风度地给了小费。离开西餐社时，小萼是挽着老浦的手走的。老浦想想自己的窘境，不由得百感交集。看来是好梦不再了，在女人面前一个穷酸的男人将寸步难行。两人各怀心事地走，老浦一直把小萼送到玻璃瓶加工厂。小萼指了指竹篱笆围成的厂区说，你看我待的这个破厂，无聊死了。老浦说，过两天我们去舞厅跳舞吧。小萼说，现在还有舞厅吗？老浦说，找找看，说不定还有营业的。小萼在原地划了一个狐步，她说，该死，我都快忘了。小萼抬起头看看老浦，突然又想起秋仪，那么秋仪呢？小萼说，我们还是先别跳舞了，你带我去看秋仪吧。老浦怨恨地摇摇头，我不去了，她把我夹在门缝里不让进去，要去你自己去吧。小萼说，我一个人怎么去？我又不认识路，再说我现在也没有钱给她买礼物。不去也行，那么我们就去跳舞吧。

三天后，小萼与老浦再次见面。老浦这次向同事借了钱装在口袋里，他们租了一辆车沿着商业街道一路寻找热闹的去处。舞厅酒吧已经像枯叶一样消失了，入夜的城市冷冷清清，店铺稀疏残缺的霓虹灯下，有一些身份不明者蜷缩在被窝里露宿街头。他们路过了翠云坊口的牌楼，牌楼上挂着横幅和标语，集结在这里做夜市的点心摊子正在纷纷撤离。小萼指着一处摊子叫老浦，快，快下去买一客水晶包，再迟就赶不上了。老浦匆匆地跳下去，买了一客水晶包。老浦扶着车子望了望昔日的喜红楼，喜红楼黑灯瞎火的，就像一块被废弃的电影布景。老浦说，小萼，你想回去看看吗？小萼咬了一口水晶包，嘴里含糊地说，不看不看，看了反而伤心。老浦想了想说，是的，看了反而伤心。他们绕着城寻找舞厅，最后终于失望了。有一个与老浦相熟的老板从他家窗口探出头，像赶鸡似的朝他们挥手，他说，去，去，回家去，都什么年代了，还想跳舞？要跳回床上跳去，八家舞厅都取缔啦。老浦怅然地回到黄包车上，他对小萼说，怎么办？剩下的时间怎么打发呢？小萼说，我也不知道，我随便你。老浦想了想说，到我那里去跳吧。我现在的房子很破，家具也没有，不过我还留着一罐德国咖啡，还有一台留声机，可以跳舞，跳什么都行。小萼笑了笑，抿着嘴说，那就走吧，只要别撞上旁的女人就行。

　　这一年老浦几易其居，最后搬到电力公司从前的车库里。小萼站在门口，先探头朝内张望了一番，她说，想不到老浦也落到了这步田地。老浦说，世事难测，没有杀身之祸就是幸运了。小萼走进去往床上一坐，两只脚噗地一敲，皮鞋就踢掉了。小萼说，老浦，真的就你一个人？老浦拉上窗帘，回头说，我从来都是一个人呀，我母亲到我姐姐家住了，我现在更是一个人啦。

　　小萼坐在床上翻着一本电影画报，她抬头看看老浦，老浦也呆呆地朝她看。小萼笑起来说，你傻站着干什么？放音乐跳舞呀。老浦说，我的留声机坏了。小萼说，那就煮咖啡呀。老浦说，炉子也熄掉了。小萼就用画报蒙住脸格格地笑起来，她说，老浦你搞什么鬼？你就这样招待我吗？老浦一个箭步冲到床上，揽住小萼的腰。老浦说我要在床上招待你，说着就拉灭了电灯。小萼在黑暗中用画报拍打着老浦，小萼喘着气说，老浦你别撩我，我欠着秋仪的情。老浦说这有什么关系，现在谁也顾不上谁了。小萼的身体渐渐后仰，她的手指习惯性地掐着老浦的后背。小萼说，老浦呀老浦，你让我怎么去见秋仪？老浦立刻就用干燥毛糙的舌头控制了小萼的嘴唇，于是两个人漂浮在黑暗中，不再说话了。

玻璃瓶加工厂总共有二十来名女工，其中起码有一半是旧日翠云坊的女孩，她们习惯于围成一圈，远离另外那些来自普通家庭的女工。工作是非常简单的，她们从堆成小山的玻璃瓶中挑出好的，清洗干净，然后这些玻璃瓶被运送出去，重新投入使用。当时人们还不习惯于这种手工业的存在，许多人把玻璃瓶加工厂称做妓女作坊。

小萼的工作是清洗玻璃瓶，她手持一柄小刷子伸进瓶口，沿着瓶壁旋转一圈，然后把里面的水倒掉，再来一遍，一只绿色的或者深棕色的玻璃瓶就变得光亮干净了。小萼总是懒懒地重复她的劳动，一方面她觉得非常无聊，另一方面她也清醒地知道世界上不会有比这更轻松省力的工作了。小萼每个月领十四元工资，勉强可以维持生计。头一次领工资的时候，小萼很惊诧，她说，这点钱够干什么用？女厂长就抢白她说，你想干什么用？这当然比不上你从前的收入，可是这钱来得干净，用得踏实。小萼的脸有点挂不住，她说，什么干净呀脏的，钱是钱，人是人，再干净的人也要用钱，再脏的人也要用钱，谁不喜欢钱呢？女厂长很厌恶地瞟了小萼一眼，然后指着另外那些女工说，她们也领这点儿工资，她们怎么就能过？一出门小萼就骂，白花花，一脸麻，真恶心人。原来女厂长是个麻脸，小萼一向认为麻脸的人是最刁钻可恶的。她经常在背后挖苦女厂长的麻脸，不知怎么就传到了女厂长的耳朵里，女厂长气得把玻璃瓶朝小萼身上砸。她是个身宽体壮的山东女人，扑上来把小萼从女工堆里拉出来，然后就揪住小萼的头发往竹篱笆上撞。女厂长说，我是麻脸，是旧社会害的，得了天花没钱治，你的脸漂亮，可你是个小婊子货，你下面脏得出蛆，你有什么脸对别人说三道四的？小萼知道自己惹了祸，她任凭暴怒的女厂长把她的脸往竹篱笆上撞，眼泪却簌簌地掉了下来。女工纷纷过来拉架。小萼说，你们别管，让她把我打死算了，我反正也不想活了。

　　这天夜里，小萼又去了老浦的汽车库。小萼一见老浦就扑到他怀里哭起来。老浦说，小萼你怎么啦？小萼呜咽着说，麻脸打我。老浦说，她为什么打你？小萼说，我背后骂了她麻脸。老浦禁不住哧地笑出声来，那你为什么要在背后骂她呢？你也太不懂事了，你现在不比在喜红楼，凡事不能太任性，否则吃亏还在后面呢。小萼仍然止不住她的眼泪，她说，鸨母没有打过我，嫖客也没有打过我，就是劳动营的人也没有打过我，我倒被这个麻脸给打了，你让我怎么咽得了这口气？老浦说，那你想怎么样呢？小萼用手抓着老浦的衣领，小萼说，老浦，我全靠你了，你要替我出这口气，你去把麻脸揍一顿！老浦苦笑道，我从来没打过人，更不用说去打一个女人了。小萼的声音就变了，她用一种悲哀的目光盯着老浦说，好你个老浦，你就忍心看我受气受苦，老浦你算不算个男人？你要还算是男人就别给我装蒜，明天就去揍她！老浦说，好吧，我去找人揍她一顿吧。小萼又叫起来，不行，我要你去揍她，你去揍了她我才解气。老浦说，小萼你真能缠人，我缠不过你。

　　老浦觉得小萼的想法简直莫名其妙，但他第二天还是埋伏在玻璃瓶加工厂外面攻击了麻脸女人。老浦穿着风衣，戴着口罩站在那里等了很久，看见一个脸上长满麻子的女人从里面出来，她转过身锁门的时候，老浦迎了上去，老浦说，对不起。女人回过头，老浦就朝她脸上打了一拳。女人尖叫起来，你干什么？老浦说，你别瞎叫，这就完了。老浦的手又在她臀部上拧了一把，然后他就跑了。女人在后面突然喊起来，流氓，抓流氓呀！老浦吓了一跳，拼命地朝一条弄堂里跑。幸好街上没有人，要是有人追上了他就狼狈了。老浦后来停下来喘着粗气，他想想一切都显得很荒唐，也许他不该拧麻脸女人的臀部，这样容易造成错觉，好像他老浦守在门口就是为了吃麻脸女人的豆腐。老浦有点自怜地想，为了女人他这大半辈子可没少吃苦。

老浦回到他的汽车库,门是虚掩着的。小萼正躺在床上剪脚趾甲,看见老浦立刻把身子一弓,钻进了被窝。小萼说,你跑哪里去风流了?老浦说,耶,不是你让我替你去出气吗?我去打了麻脸女人一顿,打得她鼻青脸肿,趴在地上了。小萼格格地笑起来,她说,老浦你也真实在,我其实是试试你对我疼不疼,谁要你真打她呀?老浦愣在那里听小萼疯笑着,笑得喘不过气来。老浦想他怎么活活地被耍了一回,差一点出了洋相。老浦就骂了一句,你他妈的神经病。小萼笑够了就拍了拍被子,招呼老浦说,来吧,现在轮到我给你消气了。老浦沉着脸走过去掀被子,看见小萼早已光着了,老浦狠狠地掐了她一下,咬着牙说,看我怎么收拾你,我今天非要把你弄个半死不活。小萼勾起手指刮刮老浦的鼻子,她说,就怕你没那个本事嘛。

汽车库里的光线由黄渐渐转至虚无,最后是一片幽暗。空气中有一种说不清的甜腥气味。两个人都不肯起床,突然砰的一声,窗玻璃被什么打了一下。老浦腾地跳起来,掀开窗帘一看,原来是两个小男孩在掷石子玩。老浦捂着胸口骂了一声,把我吓了一跳,我以为是谁来捉奸呢。小萼在床上问,是谁?不是秋仪吧?老浦说,两个孩子。小萼跳下床,朝一只脸盆里解手。老浦叫了起来,那是我的脸盆!小萼蹲着说,那有什么关系?我马上泼掉就是了。随手就朝修车用的地沟里一泼。老浦又叫起来,哎呀,泼在我的皮鞋上了!原来老浦的皮鞋都是扔在地沟里的。老浦赶紧去捞他的皮鞋，一摸已经湿了。老浦气得把鞋朝墙角一摔，怎么搞的，你让我明天穿什么？小萼说，买双新皮鞋好了。老浦苦笑了一声，你说得轻巧，老子现在吃了上顿没下顿，哪儿有钱买皮鞋？小萼见老浦真的生气，自己也很不高兴。小萼撅着嘴说，老浦你还算不算个男人，为双破皮鞋对我发这么大的火。就坐在那里不动了。

老浦沮丧地打开灯，穿好了衣服。看看小萼披着条枕巾背对着他，好像要哭的样子，老浦想他真是拿这些女人没有办法。老浦走过去替小萼把衣裙穿好，小萼才破涕而笑。我肚子饿了。小萼说。肚子饿了就出去吃饭。老浦说。去哪里吃？去四川酒家好吗？出去了再说吧，老浦从枕头下摸出他的金表，叹口气说，不知道它能换多少钱？小萼说，你要把金表当掉吗？老浦说，只能这样，我手上已经一文不名了，这事你别对人说，说出去丢我的脸。小萼皱着眉头说，这多不好，我们就饿上一顿吧。老浦挽住小萼的手说，走，走，你别管那么多，我老浦从来都是今朝有酒今朝醉，管他明天是死是活呢。

两个人拉扯着走出汽车库。外面的泥地上浮起了一些水洼，原来外面下过雨了，他们在室内浑然不知。风吹过来已经添了很深的秋意。小萼抱着肩膀走了几步，突然停住了。老浦说，又怎么了？小萼抬头看看路边的树，看看树枝上暗蓝色的夜空，她说，天凉了，又要过冬天了。老浦说，那有什么办法？秋天过去总归是冬天。小萼说，我怕，我一个人待在宿舍里怎么熬过这个冬天？没有火烤了，也没有丝绵棉袍，这个冬天怎么过？老浦说，你怕冷，没关系，我会把你焐得很暖和的。小萼看了眼老浦，低下头说，现在是新社会了，我们老在一起没有名分不行，老浦你干脆娶了我吧。老浦愣了一会儿，说，结婚好是好，可是我怕养不活你。我该结婚的时候不想结婚，到想结婚时又不该结婚了，你不知道我现在是个穷光蛋吗？小萼莞尔一笑，走过来勾住了老浦的手，我这样的人也只能嫁个穷光蛋了，你说是不是？

在剩余的秋天里，老浦为他和小萼的婚事奔波于亲朋好友之间，目标只是借钱。老浦答应了小萼要举行一个像样的婚礼，要租用一套单门独院，另外小萼婚后不想去玻璃瓶工厂上班了，一切都需要钱。最重要的一点是小萼已经怀孕了。老浦依稀记得有人告诉过他，只有最强壮的男人才会使翠云坊的女孩怀孕，老浦为此感到自豪。

没有多少人肯借钱给老浦。亲戚们或者是冷脸相待，或者是一副爱莫能助的样子。老浦知道这些人的潜台词，你是个著名的败家浪荡子，借钱给你等于拿银子打水漂玩，我们玩不起。老浦于是讪讪地告辞，把点心盒随手放在桌上。老浦从不死缠硬磨，即使是穷困潦倒，也维护一贯的风度和气派，只是心里暗叹人情淡薄，想想浦家发达的时候，这些人恨不得来舔屁眼，现在却像见瘟神一样躲着他。老浦只好走最后一步棋，去求母亲帮忙。他本来不想惊动她，浦太太是决计不会让他娶小萼的。但事已至此，他只能向她摊牌了，于是老浦又提了礼盒去他姐姐家。

浦太太果然气得要死要活,她指着老浦的鼻子说,你是非要把我气死不可了,好端端一个上流子弟,怎么就死死沾着两个婊子货?我不会给你钱,你干脆把我的老命拿走吧。老浦耐心地劝说,小萼是个很好的姑娘,我们结了婚会好好过的。浦太太说,再好也是个婊子货,你以为这种女人她会跟你好好过吗?老浦说,妈,我这是在求你,小萼已经怀孕了。浦太太鼻孔里哼了一声,怀孕了?她倒是挺有手段,浦家的香火难道要靠一个婊子来续吗?老浦已经急得满脸通红,他嗓音嘶哑着说,我已经走投无路了,你要我跪下来求你吗?浦太太最后瘫坐在一张藤椅上号啕大哭。老浦有点厌恶地看着母亲伤心欲绝的样子,他想,这是何必呢?我老浦没杀人没放火,不过是要和翠云坊的小萼结婚。为什么不能和妓女结婚?老浦想他偏偏就喜欢上了小萼,别人是没有办法的。

浦太太最后递给老浦一个铁皮烟盒。烟盒里装着五根金条。浦太太冷冷地看着老浦,浦家只有这点儿东西了,你拿去由着性子败吧,败光了别来找我,我没你这个儿子了。老浦把烟盒往兜里一塞,对母亲笑了笑说,您不要我来我就不来,反正我也不要吃您的奶了。

一九五三年冬天,老浦和小萼的婚礼在一家闻名南方的大饭店里举行。虽然两家亲友都没有到场,宾客仍然坐满了酒席。老浦遍请电力公司的所有员工,而小萼也把旧日翠云坊的姐妹们都请来了。婚礼极其讲究奢华,与其说是习惯使然,不如说是刻意安排，老浦深知这是他一生的最后一次欢乐了。电力公司的同事发现老浦在豪饮阔论之际，眉宇间凝结着牢固的忧伤。而婚礼上的小萼身披白色婚纱，容光焕发地游弋于宾客之间，其美貌和风骚令人倾倒。人们知道小萼的底细，但是在经过客观的分析和臆测之后，一切都显得顺理成章了。婚礼永远是欢乐的，它掩盖了男人的污言秽语和女人的阴暗心理。昔日翠云坊的妓女早已看出小萼体态的变化，她们对小萼一语双关地说，小萼，你好福气呐。小萼从容而妩媚地应酬着男女宾客，这时有个侍者托着一个红布包突然走到小萼面前，说，有个尼姑送给你的东西，说是你的嫁妆。小萼接过红布包打开一看，里面是一个紫贡缎面的首饰盒，再打开来，里面是一只龙凤镯，镯上秋仪的名字赫然在目。小萼的脸煞地白了，她颤声问侍者，她人呢？侍者说，走了，她说她没受到邀请。小萼提起婚纱就朝外面跑，嘴里一迭声喊着，好秋仪好姐姐。宾客们不知所以然，都站起来看。老浦摆摆手说，没什么，是她姐姐从乡下来了。旁边有知情的女宾捂嘴一笑，对老浦喊，是秋仪吧？老浦微微红了脸说，是秋仪，你们也知道，秋仪进了尼姑庵。

　　小萼追出饭店，看见秋仪身着黑袍站在街对面的路灯下。小萼急步穿越马路时，看见秋仪也跑了起来，秋仪的黑袍在风中飒飒有声。小萼就站在路上叫起来，秋仪，你别跑，你听我说呀。秋仪仍然头也不回，秋仪说，你回去结你的婚，什么也别说。小萼又追了几步就蹲下来了，小萼捂着脸呜呜哭起来，她说，秋仪，你怎么不骂我？原本应该是你跟老浦结婚的，你怎么不骂我呢？秋仪现在站在一家雨伞店前，她远远地看着哭泣的小萼，表情非常淡漠。等到小萼哭够了抬起头，秋仪说，这有什么可哭的？世上男人多的是，又不是只有一个老浦。我现在头发还没长好，也不好出来嫁人，我只要你答应跟老浦好好过，他对得起你了，你也要对得起他。小萼含泪点着头，她看见秋仪在雨伞店里买了把伞，秋仪站在那里将伞撑开又合拢，嘴里说，我买伞干什么？天又不下雨，我买伞干什么？说着就把伞朝小萼扔过来，你接着，这把伞也送给你们吧，要是天下雨了，你们就撑我这把伞。小萼抱住伞说，秋仪，好姐姐，你回来吧，我有好多话对你说。秋仪的眼睛里闪烁着冷静的光芒，很快地那种光芒变得犀利而残酷，秋仪直视着小萼的腹部冷笑了一声，怀上老浦的种了？你的动作真够快的。小萼又啜泣起来，我没办法，他缠上我了。秋仪呸地吐了一口唾沫，他缠你还是你缠他？别把我当傻瓜，我还不知道你小萼？天生一个小婊子，打死你也改不了的。

秋仪的黑袍很快消融在街头的夜色中。小萼觉得一切如在梦中，她和老浦都快忘了秋仪了，也许这是有意的，也许本来就该这样，男人有时候像驿车一样，女人都要去搭车，搭上车的就要先赶路了。小萼想秋仪不该怪她，就是怪她也没用，他们现在已经是夫妻了。小萼拿着那把伞走回饭店去，看见老浦和几个客人守在门口。小萼整理了一下头饰和婚纱，对他们笑了笑，她说，我们继续吧，我把她送走了。

小萼走到门口，突然想到手里的伞有问题。伞就是散，在婚礼上送伞是什么意思呢？咒我们早日散伙吗？小萼这样想着就把手里的伞扔到了街道上。她看见一辆货车驶过，车轮把伞架碾得支离破碎，发出一种异常清脆的声响，噼，啪。

房子是租来的，老浦和小萼住楼下两间，楼上住着房东夫妇。那对夫妇是唱评弹的，每天早晨都练嗓，男的弹月琴，女的弹琵琶，两个人经常唱的是《林冲夜奔》里的弹词开篇。老浦和小萼都是喜睡懒觉的人，天天被吵得厌烦，又不好发作，于是就听着。后来两个人就评论起来了，小萼说，张先生唱得不错，你听他嗓子多亮。老浦说，张太太唱得好，唱得有味道。小萼就用肘朝老浦一捅，说，她唱得好，你就光听她吧。老浦说，那你就光听他的吧。两个人突然都笑起来，觉得双方都是心怀鬼胎。

住长了老浦就觉得张先生的眼睛不老实，他总是朝小萼身上不该看的地方看，小萼到外面去倒痰盂的时候，张先生也就跟出去拿报纸。有一次老浦看见张先生的手在小萼臀部上停留了起码五秒钟，不知说些什么，小萼格格地笑起来。老浦的心里像落了一堆苍蝇般地难受。等到小萼回来，老浦就铁青着脸追问她，你跟张先生搞什么名堂，以为我看不见？小萼说，你别乱吃醋呀，他跟我说了一个笑话，张先生就喜欢说笑话。老浦鼻孔里哼了一声，笑话？他会说什么笑话。小萼扑哧一笑说，挺下流的，差点没把我笑死，你要听吗？老浦说，我不听,谁要听他的笑话!我告诉你别跟他太那个了,否则我不客气。小萼委屈地看着老浦说,你想到哪里去了?我早就是你的人了。再说我拖着身子,我能跟他上床吗?老浦说,幸亏你大肚子了,否则你早就跟他上床了,反正我白天在公司,你们偷鸡摸狗方便得很。小萼愣愣地站了一会儿,突然就哭起来,跑到床背后去找绳子。小萼跺着脚说,老浦你冤枉我,我就死给你看。吓得老浦不轻,扑过去抢了绳子朝窗外扔。

小萼闹了一天,老浦只好请了假在家里陪她。老浦看小萼哭得可怜,就把她抱到床上,偎着她说些甜蜜的言语。说着说着老浦动了真情,眼圈也红了。老浦的手温柔而忧伤地经过小萼的脸、脖颈、乳房,最后停留在她隆起的小腹上。老浦说,别哭,你哭坏了我怎么办?小萼终于缓过气来,她把老浦的手抓住贴在自己脸上摩挲着,小萼说,我也是只有你了,我从小爹不疼娘不爱,只有靠男人了,你要是对我不好,我只有死给你看。

整个冬天漫长而寂寞,小萼坐在火炉边半睡半醒,想着一些漫无边际的事。透过玻璃窗可以看见院子里的唯一一棵梧桐树,树叶早已落尽,剩下许多混乱的枝丫在风中抖动。窗外没有风景,小萼就长时间地照镜子。因为辞掉了玻璃瓶加工厂的工作,天天闲居在家,小萼明显地发胖了,加上怀孕后粗壮的腰肢,小萼对自己的容貌非常失望。事实上这也是她不愿外出的原因。楼上张家夫妇的家里似乎总是热闹的,隔三差五的有客人来,每次听到楼梯上的说笑和杂沓的脚步声,小萼就有一

红粉 39

种莫名的妒嫉和怨恨。她不喜欢这种冷清的生活,她希望有人到家里来。

有一天,张先生把小萼喊上去搓麻将。小萼很高兴地上楼了,看见一群陌生的男女很诡秘地打量着她,小萼镇定自若地坐到牌桌上,听见张先生把二饼喊成胸罩,小萼就捂着嘴笑。有人给小萼递烟,她接过就抽,并且吐出很圆的圈儿。这次小萼玩得特别快活,下楼时已经是凌晨时分。她摸黑走到床边,看见老浦把被窝卷紧了不让她进去。老浦在黑暗中说,天还没亮呢,再去玩。小萼说,这有什么,我成天闷在家里,难得玩一回,你又生什么气?老浦说,我天天在公司拼命挣钱养家,回来连杯热茶也喝不上,你倒好,麻将搓了个通宵。小萼就去掀被子,朝老浦的那个地方揉了揉,好啦别生气啦,以后再也不玩了。我要靠你养活,我可不敢惹你生气。老浦转过身去叹了一口气。小萼说,你叹什么气呀?你是我男人,你当然要养我。现在又没有妓院了,否则我倒可以养你,用不着看你的脸色了。老浦伸手敲了敲床板,怒声说,别说了,越说越不像话。看来你到现在还忘不了老本行。

结婚以后老浦的脾气变得非常坏,小萼揣测了众多的原因,结果又一一排除,又想会不会是自己怀孕了,在房事上限制了老浦所致呢?小萼想这全要怪肚子里的孩子,想到怀孕破坏了她的许多乐趣,小萼又有点迁怒于未出世的孩子。什么事情都是有得必有失,这一点完全背离了小萼从前对婚姻的幻想。

在玩月庵修行的两年中，秋仪回去过两次。一次是听说小萼和老浦结婚，第二次是得到姑妈的报丧信，说是她父亲坐在门口晒太阳时，让一辆汽车撞飞了起来，再也醒不了了。秋仪回家奔丧，守灵的时候秋仪从早到晚地哭，嗓子哭破了，几天说不出话来。她知道一半在哭灵，一半则是在哭她自己。料理完丧事后秋仪昏睡了两天两夜，做了一个梦，梦见小萼和老浦在一块巨大的房顶上跳舞，而她在黑暗中悲伤地哭泣，她的死去的父亲也从棺椁中坐起来，与她一起哭泣。秋仪就这样哭醒了。醒来长久地回味这个梦，她相信它是一种脆弱和宣泄，并没有多少意义。

秋仪的姑妈拿了一只方戒给秋仪说，这是你的东西吧，我炒蚕豆的时候在锅里发现的。秋仪点了点头，想到那次路过家门不入的情景，眼圈又有点红。姑妈说，你什么时候回庵里呢？我给你准备了一坛子咸菜，你喜欢吃的。秋仪瞥了眼姑妈的脸，那么我是非回庵里去啦？我要是不想当姑子了呢？姑妈有点窘迫地说，我也不是赶你回去，这毕竟是你的家，回不回去随你的便。秋仪扭过脸去说，我就是要听你说真话，到底想不想留我？姑妈犹豫了一会儿，轻声说，回去也好，你做了姑子，街坊邻居都没有闲话可说了。秋仪的眼睛漠然地望着窗外破败的街道，一动不动，泪珠却无声地滴落在面颊上。过了一会儿，秋仪咬着嘴唇说，是啊，回去也好，外面的人心都让狗吃了。

第二天秋仪披麻戴孝地回到玩月庵。开门的是小尼姑,她把门打开,一看是秋仪就又关上了。秋仪骂起来,快开门呀,是我回来了。她听见小尼姑在院子里喊老尼姑,秋仪回来了,你来对她说。秋仪不知道发生了什么事,拼命地撞着门。等了一会儿,老尼姑来了,老尼姑在门里说,你还回来干什么?你骗了我们,玷污了佛门,像你这样的女人,竟然有脸进庵门,你从哪里来回哪里去吧。秋仪尖叫起来,用拳头擂着门,我听不懂你的鬼话,我要进去,快给我开门。老尼姑在里面咔哒上了一条门闩,她说,我们已经用水清洗了庵堂,你不能再回来了,你已经把玩月庵弄得够脏的了。秋仪突然明白眼前的现实是被命运设计过的深渊绝境,一种最深的悲怆打进她的内心深处。秋仪的身体渐渐像沙子一样下陷,她伏在门上用前额叩击庵堂大门时,已是泣不成声。秋仪说,让我进去吧,我想躲一躲。我不愿意回去,外面的人心都让狗吃了,我没有办法只好回来了,你们就再收留我一次吧。玩月庵的大门被秋仪撞得摇摇欲坠,狗在院子里狂吠起来。老尼姑说,你走吧,你回来也没有饭吃了,施主少了,庵里的口粮也少了,多一张嘴吃饭我们就要挨饿。秋仪立刻喊起来,我有钱,我可以养活你们,你不要担心我分口粮,我的钱买口粮吃到老死也吃不完呐。老尼姑说了一句,那脏钱你留着自己用吧。秋仪听见她的迟滞的脚步声渐渐远去,庵里的狗也停止了吠叫。秋仪重新面临一片死寂的虚无,反而是欲哭无泪。

附近的竹林里有几个农民在拔冬笋。他们目睹了秋仪在玩月庵前吃闭门羹的场景。秋仪面如土灰，黑白相杂的衣袍在风中伤心地飘拂。后来她开始满地寻找树枝杂木，收拢了一起码在玩月庵的门前。农民们猜到她想引柴纵火，他们紧张地注视着事态的发展，议论她会不会带着火种。然而秋仪没带火种，也许她最后缺乏火烧玩月庵的勇气。秋仪后来坐在柴火堆上扶腮沉思了很长时间，其容颜憔悴而不乏美丽。竹林里的农民的目光一直追随着秋仪，有一个说，听说她从前是一个妓女。然后他们看见秋仪从柴火堆上站了起来，她脱下身上的黑袍，用力撕成几条，挂在庵门的门环上。秋仪里面穿的是一件蓝底红花的织锦缎紧身夹袄，色彩非常鲜艳。她站在玩月庵前环顾四周，在很短的时间内复归原状。农民们后来看见秋仪提着个小包裹，扭着腰肢，悄悄地经过了竹林，她的脸上并没有悲伤。

到了一九五四年，政府对旧社会遗留下来的妓女不再心存芥蒂，专门为妓女开设的劳动训练营几乎全撤销了。秋仪知道了这个消息，心中反而怅然，她想她何苦这样东躲西藏的，祸福不可测，如果当初不从那辆卡车上跳下来，她就跟着小萼一起去了。也许还不会弄到现在走投无路的局面。

秋仪回到她的家里时，姑妈很吃惊，她说，你真的回来了？再也不去庵里了？秋仪把小包裹朝床上一扔，说，不去了，做尼姑做腻了，想想还是回来过好日子吧。姑妈的脸色很难看，她说，哪儿会有你的好日子过呢？你是浪荡惯了的女孩，以后怎么办？秋仪说，不用你操心，我迟早要嫁人的，只要是个男的，只要他愿意娶我，不管是阿猫阿狗，我都嫁。姑妈说，嫁了以后又怎么办呢？你能跟人家好好过日子吗？秋仪笑了笑说，当然能，俗话说嫁鸡随鸡嫁狗随狗，别人能我为什么不能？

　　姑妈一家对秋仪明显是冷淡的。秋仪也就不给他们好脸色看，做什么事都摔摔打打的。秋仪什么都不在乎，因此无所畏惧，只是有一次她扫地时看见了半张照片埋在垃圾里，捡照片的时候秋仪哭了。那是从一张全家福上撕下来的，光把秋仪一个人撕下来了。拍照时秋仪才八九岁的样子，梳着两条细细的小辫，对着照相机睁大了惊恐的眼睛。秋仪抓着半张照片，身体剧烈地颤动起来，她一脚踢开姑妈的房门，摇着照片喊，谁干的？谁这么恨我？姑妈不在，秋仪的表弟在推着刨子干木工活，表弟不屑地瞟了秋仪一眼，是我干的，我恨你。秋仪说，你凭什么恨我？我碍你什么事了？表弟说，你回来干什么？弄得我结婚没房子。你既然在外面鬼混惯了，就别回来假正经了，搅得家里鸡犬不宁。秋仪站在那儿愣了会儿，突然佯笑着说，你倒是实在，可是你不摸老娘的脾气，有什么事尽管好好说，惹急了我跟你们白刀子进红刀子出。表弟的脸也转得快，马上嬉笑着说，好表姐，那么我就跟你商量了，求求你早点儿嫁个人吧，你要是没有主我来当媒人，东街那个冯老五对你就很有意思。秋仪怒喝了一声，闭上你的臭嘴，我卖×卖惯了，用得着你来教？说着用力把门一撞，人就踉跄着走出了家门。

　　冬天的街道上人迹稀少，秋仪靠着墙走，一只手神经质地敲着墙和关闭的店铺门板，不仅是冬天的街道，整个世界也已经空空荡荡。秋仪走过凤凰巷，她忘不了这条小巷，十七岁进喜红楼之前她曾经在这里走来走去，企盼一个又英俊又有钱的男人把她的贞操买走。她拒绝了许多男人，最后等来了老浦。如果说十七岁的秋仪过了一条河，老浦就是唯一的桥。在这个意义上秋仪无法忘记老浦给她的烙印和影响。那时候凤凰巷里的人都认识秋仪，几年过去了，社会已经起了深刻的变化，现在没有人朝秋仪多看一眼，没有人认识喜红楼的秋仪了。秋仪走过一家羊肉店，听见店里有人喊她的名字，一看是瑞凤。瑞凤从店里跑出来，一把拉住她的手说，真的是你？你不是进尼姑庵了吗？秋仪说，不想待那儿了，就跑出来了。瑞凤拍拍手说，我说你迟早会出来，翠云坊的女孩在尼姑庵怎么过呢？瑞凤嘻嘻地笑了一气，又说，你去哪里？秋仪说，哪里也不去，满街找男人呢。瑞凤会意地大笑起来，硬把秋仪拉进羊肉店喝羊汤。

原来瑞凤就嫁了这家羊肉店的老板。秋仪扫了一眼切羊糕的那个男人，虽然肥胖了一些，面目倒也老实和善。秋仪对瑞凤说，好了，都从良了。就剩下我这块槽头肉，不知会落到哪块案板上？瑞凤说，看你说得多凄惨，你从前那么红，男人一大把，还不是随你挑。秋仪说，从前是从前呀。说完就闷着头喝羊汤。瑞凤突然想起什么，说，对了，忘了告诉你小萼生了个儿子，八斤重呢。你吃到红蛋了吗？秋仪淡然一笑，默默地摇摇头，过了一会儿又问，他们两个过得好吗？瑞凤说，好什么，听说老是吵架，小萼那人你最了解，爱使小性子，动不动寻死觅活的。我看小萼是死不了的，倒是老浦非让她缠死不可。秋仪低着头说，这是没办法的，一切都是天意。瑞凤说，你要去看他们吗？秋仪又摇头，她说，结婚时去看过一次就够了，再也不想见他们。

秋仪起身告辞时，瑞凤向她打听婚期，秋仪想了想说，快了，凑合一下就快了。瑞凤说，你别忘了通知我们，姐妹一场，喜酒都要来喝的。秋仪说，到时再说吧，要看嫁给什么人了。

半个月后，秋仪嫁给了东街的冯老五，秋仪结婚没请任何人。过了好久，有人在东街的公厕看见秋仪在倒马桶，身后跟着一个鸡胸驼背的小男人。昔日翠云坊的姐妹们听到这个消息都惊诧不已，她们不相信秋仪会把下半辈子托付给冯老五，最后只能说秋仪是伤透了心，破罐子破摔了。她们普遍认为秋仪的心里其实只有老浦，老浦却被小萼抢走了。

老浦给儿子取名悲夫。小萼说，这名字不好，听着刺耳，不能叫乐夫或者其他名字吗？老浦挥挥手说，就叫悲夫，有纪念意义。小萼皱起眉问，你到底是什么意思？老浦抱起儿子，凝视着婴儿的脸，他说，就这个意思，悲夫，老大徒伤悲，想哭都哭不出来啦。

小萼坐月子的时候，老浦雇了一个乡下保姆来，伺候产妇和洗尿布。老浦干不来这些零碎杂事，也不想干。咬着牙请了保姆，借了钱付保姆的工钱。这样过了一个月，老浦眼看着手头的钱无法应付四口之家，硬着头皮就把保姆辞掉了。小萼事先不知道此事，她仍然等着保姆送水潽蛋来，等等不来，小萼就拍着床说，想饿死我吗？怎么还不送吃的来？老浦手里握着两只鸡蛋走进来，他说你自己起来烧吧，保姆辞掉了。小萼说，你怎么回事？辞保姆也不跟我商量，我坐月子，你倒让我自己起来烧。老浦说，再不辞就要喝西北风了，家里见底了你又不是不知道。小萼白了老浦一眼，五根金条，鬼知道是怎么折腾光的。老浦的眼睛也瞪圆了，梗着脖子喊，我现在不赌不嫖，一分钱也不花，不都是你在要吃好的要穿好的？你倒怪起我来了。小萼自知理亏，又不甘认输，躺到被窝里说，不怪你怪谁，谁让你没本事挣大钱的？老浦说，你还以为在旧社会，现在人人靠工资吃饭，上哪儿挣大钱去？除非我去抢银行，除非我去贪污公款，否则你别想过阔太太的日子了！

　　小萼仍然不肯起床做家务，老浦无奈只好胡乱做些吃的送到床边，不是咸了就是淡了，小萼皱着眉头吃，有时干脆推到一边不吃。老浦终于按捺不住，砰地把碗摔在地上。老浦说，不吃拉倒，我自己还愁没人伺候呢。你这月子坐到什么时候才完？小萼和怀里的婴儿几乎同时哭了起来，小萼一哭起来就无休无止。后来惊动了楼上的张家夫妇，张太太下楼敲着门说，小萼你不能哭了，月子里哭会把眼睛哭瞎的。小萼说，哭瞎了拉倒，省得看他的脸。但是张太太的话还是有用，小萼果然不再哭了。又过了一会儿，小萼窸窸窣窣地起了床，披了件斗篷到厨房里去，煎煎炸炸，弄了好多碗吃食，一齐堆在碗橱里，大概是想留着慢慢吃。

这个时期老浦回家总是愁眉紧锁，唉声叹气的。儿子夜里闹得他睡不好觉，老浦猛然一个翻身，朝儿子的屁股上打了一巴掌。小萼叫起来，你疯啦，他才多大，你也下得了这毒手。老浦竖起自己的手掌看了看，说，我心烦，我烦透了。小萼往老浦身边凑过去，抓住他的手说，你再打，连我一起打，打死我们娘俩你就不烦了。老浦抽出自己的手，冷不丁地打了自己一记耳光，老浦哑着嗓子说，我该死，我该打自己的耳光。

第二天老浦从公司回来，表情很异常。他从西装口袋里摸出一沓钱，朝小萼面前一摔，你不是嫌我没本事挣钱吗，现在有钱了，你拿去痛痛快快地花吧。小萼看着那沓钱疑惑地问，上哪儿弄来这么多钱？老浦不耐烦地说，那你就别管了，我自然有我的办法。

靠着这笔钱，小萼和老浦又度过了奢华惬意的一星期。小萼抱着悲夫上街尽情地购物，并且在恒孚银楼订了一套黄金饰物。小萼的心情也变得顺畅，对老浦恢复了从前的温柔妩媚。直到有一天，天已黑透了，老浦仍不见回来。来敲门的是电力公司老浦的两个同事。他们对小萼说，老浦出了点事，劳驾你跟我们去一趟吧。小萼惊惶地看着来人，终于意识到了什么。她把悲夫托给楼上的张太太，匆匆披上件大衣就跟着来人去了。

在路上，电力公司的人直言不讳地告诉小萼，老浦贪污了公款，数目之大令人不敢相信。小萼说不出话，只是拼命拉紧大衣领子，借以遮挡街上凛冽的寒风。电力公司的人说，老浦过惯了公子少爷的生活，花钱花惯了，一下子适应不了新社会的变化。这时小萼开始呜咽起来，她喃喃地说，是我把老浦坑了，我把老浦坑了。

老浦坐在拘留所的一间斗室里，看见小萼进来，他的嘴唇动了动，但是没有说话。老浦的脸色呈现出病态的青白色，未经梳理的头发凌乱地披垂在额上。小萼走过去，抱住他的头，一边哭着一边用手替他梳理头发。

没想到我老浦落到这一步。老浦说。

没想到我们夫妻缘分这么短，看来我是再也回不了家了。你一个人带着悲夫怎么过呢？老浦说。

等悲夫长大了别让他在女人堆里混，像我这样的男人没有好下场。老浦最后说。

老浦站起来，揽住小萼的腰，用力亲她的头发、眼睛和嘴唇。老浦的嘴唇冰凉冰凉的，眼睛里闪烁着一种茫然而空洞的白光。小萼无法忘记老浦给她的最后一吻，它漫长而充满激情，几乎令人窒息。直到很久以后，小萼想起与老浦的最后一面，仍然会浑身颤抖。这场疾风暴雨的婚姻，到头来只是一夜惊梦，小萼经常在夜半发出梦魇的尖叫。

昔日翠云坊的妓女大都与老浦相熟，一九五四年三月的一天，她们相约到旧坟场去送老浦最后一程，看见老浦跪在那里，嘴里塞着一团棉花，老浦没穿囚服，身上仍然是灰色的毛料西装。当枪声响起,老浦的脑袋被打出了血浆,妓女们狂叫起来,随即爆发出一片凄厉的恸哭,有人尖叫,都是小萼,都是小萼害了他。

小萼没有去旧坟场。老浦行刑的这一天,小萼又回到玻璃瓶加工厂上班,她的背上背着儿子悲夫。小萼坐在女工群里,面无表情地洗刷着无穷无尽的玻璃瓶。到了上午十点钟光景,悲夫突然大声啼哭起来,小萼打了个冷战,腾出一只手去拍儿子。边上有个女工说,孩子是饿了吧?你该喂奶了。小萼摇了摇头,说,不是,是老浦去了。可怜的老浦,他是个好人,是我把他坑了。

秋仪也没有去送老浦。从坟场回来的那群女人后来聚集到秋仪的家里,向秋仪描述老浦的惨相。秋仪只是听着,一言不发。秋仪的丈夫冯老五忙着给女客人殷勤地倒茶。秋仪对他说,你出去吧,让我们在这里叙叙。冯老五出去了,秋仪仍然没有说话。等到女人们喝完了一壶茶,秋仪站起来说,你们也出去吧。人都死了,说这说那的还有什么用?我想一个人在这里待着,我心里乱透了。

这天晚上下雨,雨泼打着窗外那株梧桐树的枝叶,张家的小楼在哗哗雨声中像一座孤立无援的小岛。小萼抱着悲夫在室内坐立不安。后来她看见窗玻璃上映出秋仪湿漉漉的模糊的脸。秋仪打着一把伞,用手指轻轻地弹着窗玻璃。

小萼开门的时候,眼泪止不住淌了下来。秋仪站在门口,直直地注视着小萼,她说,小萼,你怎么不戴孝?小萼低着头回避秋仪的目光，嗫嚅着说，我忘了，我不懂这些，心里乱极了。秋仪就从自己头上摘下一朵小白花，走过来插在小萼的头发上。秋仪说，知道你会忘，给你带来了。就是雨太大，弄湿了。小萼就势抱住秋仪，哇地哭出声来，嘴里喊道，我好悔，我好怕呀，是我把老浦逼上绝路的。秋仪说，这是没有办法的事，男女之事本来就是天意，生死存亡就更是天意了。你要是对老浦有情义，就好好地养悲夫吧，做女人的也只能这样了。

秋仪抱过悲夫后就一直不放手，直到婴儿酣然入睡。秋仪看着小萼给婴儿换尿布脱小衣裳，突然说，你还是有福气，好坏有一个胖儿子。小萼说，我都烦死了，你要是喜欢就抱走吧。秋仪说，当真吗？当真我就抱回家了，我做梦都想有个儿子。小萼愣了一下，抬头看秋仪的表情。秋仪背过身去看着窗外，我上个月去看医生了，医生说我没有生育能力，这辈子不会怀孩子了。小萼想了想说，没孩子也好，少吃好多苦。秋仪说，你是饱汉子不知饿汉子饥。吃点苦算什么？我是不甘心呀，说来说去都是以前自己造的孽，谁也怨不得。

两个人坐着说话，看着窗外雨依然下着，说话声全部湮没在淅淅沥沥的夜雨中了。小萼说，雨停不了，你就陪我一夜吧，我本来心里就害怕，有你在我就不怕了。秋仪说，你不留我我也不走，我就是来陪你的，毕竟姐妹一场。

午夜时分，小萼和秋仪铺床睡下，两个人头挨着头，互相搂抱着睡。秋仪说，这被头上还有老浦的头油味。小萼没有说

红粉　51

话。过了一会儿，秋仪在黑暗中叹了口气说，这日子过得可真奇怪呀。

只听见雨拍打着屋顶和梧桐，夜雨声幽幽不绝。

小萼做了一年寡妇。起初她仍然带着悲夫住在张先生的房子里，以她的收入明显是缴不起房租和水电费的。玻璃瓶加工厂的女工向小萼询问这些时，小萼支支吾吾地不肯回答，后来就传出了小萼和说评弹的张先生私通的消息。再后来小萼就带着悲夫搬到女工宿舍来了，据说是被张太太赶出来的。小萼额上的那块血痂，据说是张太太用醒木砸出来的，血痂以后变成了疤，一直留在小萼清秀姣好的脸上。

第二年小萼就跟个北方人走了。那个北方男人长得又黑又壮，看上去四十岁左右的年纪。玻璃瓶厂的女工都认识他。她们说他是来收购一种墨绿色的小玻璃瓶的，没想到把小萼也一起收购走了。

离乡的前夜，小萼一手操着包裹一手抱着悲夫，来到秋仪的家。秋仪和冯老五正在吃晚饭，看见小萼抱着孩子无声地站在门洞里。秋仪放下筷子迎上去，小萼已经慢慢地跪了下来。我要走了，我把孩子留给你。秋仪慌忙去扶，小萼你说什么？小萼说，我本来下决心不嫁人，只想把悲夫抚养成人，可是我不行，我还是想嫁男人。秋仪把小萼从地上拉起来，看小萼的神色很恍惚，像梦游人一样。

秋仪抱过悲夫狠狠地亲了一下，然后她又望了望小萼，小萼坐在椅子上发呆。秋仪说,我料到会有这一天的。我想要这个孩子。小萼哇的一声哭了,竹椅也在她身下咯吱咯吱地哀鸣。秋仪说,别哭了,悲夫交给我你可以放心,我对他会比你更好,你明白这个道理吗?小萼抽泣着说,我什么都明白,就是不明白我自己是怎么回事。

去火车站给小萼送行的只有秋仪一个人。秋仪原来准备带上悲夫去的,结果临出门又改变了主意,光是拎了一兜水果话梅之类的食物。在月台上秋仪和小萼说着最后的悄悄话,小萼的眼睛始终茫然地望着远处的什么地方。秋仪说,你在望什么?小萼苍白的嘴唇动了动,我在找翠云坊的牌楼,怎么望不见呢?秋仪说,哪儿望得见牌楼呢,隔这么远的路。

后来火车就呜呜地开走了,小萼跟着又一个男人去了北方。这是一九五四年的事。起初秋仪收到过小萼托人代笔的几封信,后来渐渐地断了音讯。秋仪不知道小萼移居北方的生活会是什么样子。到了悲夫能认字写字的年龄,秋仪从箱底找出小萼写来的四封信,用红线扎好塞进炉膛烧了。悲夫的学名叫冯新华,是小学校的老师取的名字。冯新华在冯家长大,从来没听说过自己的身世,从来没有人告诉他那些复杂的陈年旧事。

冯新华八岁那年,在床底下发现一只薄薄的小圆铁盒,是红绿相间的,盒盖上有女人和花朵的图案。他费了很大的劲把盖子拧开,里面是空的,但是跑出一股醇厚的香味,这股香味挥之不去。冯新华对这只小铁盒很感兴趣,他把它在地上滚来

红粉　53

滚去地玩,直到被秋仪看到。秋仪收起那只盒子,锁到柜子里。冯新华跟在后面问,妈,那是什么东西?秋仪回过头,神情很凄恻。她说,这是一只胭脂盒,小男孩不能玩的。

(1991年)

离婚指南

整整一夜，冬季的北风从街道上呼啸而过，旧式工房的窗户被风力一次次地推搡，玻璃、木质窗框以及悬挂的腌肉持续地撞击着。对于失眠的杨泊来说，这种讨厌的噪音听来令人绝望。

房间里有一种凝滞的酸臭的气味，它来自人体、床铺和床铺下面的搪瓷便盆。杨泊闻到了这股气味，但他懒于打开窗户使空气流通起来。杨泊这样一动不动地躺了一夜，孩子在熟睡中将一只脚搁到了他的腹部，杨泊的一只手抓着孩子肥厚的小脚，另一只手揪住了自己的一绺头发。他觉得通宵的失眠和思考使他的头脑随同面部一起浮肿起来。在早晨最初的乳白色光线里，杨泊听见送牛奶的人在街口那里吹响哨子，一些新鲜活泼的人声市声开始了一天新的合奏。杨泊知道天亮了，他该起床了，但他觉得自己疲惫不堪，需要睡上一会儿，哪怕是睡五分钟也好。

先是孩子醒了。孩子醒来的第一件事情就是大声啼哭，于是朱芸也醒了。朱芸的身体压在杨泊身上，从床下抓到了那只便盆，然后朱芸坐在被窝里给孩子把尿。便盆就贴着杨泊的脸，冰凉而光滑。他听见朱芸嘴里模拟着孩子撒尿的声音，她的嘴里的气息温热地喷到杨泊脸上，类似咸鱼的腥味。杨泊睁眼在妻子身上草草掠过，朱芸的头发散乱地披垂着，粉绿色的棉毛衫腋下有一个裂口，在半明半暗的晨光中她的脸色显得枯黄发涩，杨泊不无恶意地想到了博物院陈列的木乃伊女尸。

你该起床了，去取牛奶，朱芸瞟了眼桌上的闹钟说。

杨泊朝外侧翻了个身。这句话也是他们夫妇每天新生活的开始。你该起床了，去取牛奶。几年来朱芸一直重复着这句话。杨泊突然无法忍受它的语调和内涵。杨泊的脚在被子下面猛地一蹬，他说，我要离婚。朱芸显然没有听清，她开始给孩子穿棉衣棉裤。朱芸说，我去菜场买点排骨，你马上去取牛奶，回来再把炉子打开，听清楚了吗？

我要离婚。杨泊把脑袋蒙在被子里，他听见自己的声音很沉闷，语气却很坚定。床板咯吱咯吱地响了一会儿，朱芸走出了房间。她打开了有线广播的开关，一个女声正有气无力地播送天气预报。关于最高温度和最低温度，关于风力和风向，关于渤海湾和舟山群岛的海浪和潮汛。杨泊不知道这些东西和他的生活有什么联系，他也不知道朱芸为什么每天都要准时收听天气预报。现在他感到了一种深深的倦意，他真的想睡一会了。

大约半个钟头以后，朱芸拎着菜篮回家，看见孩子坐在地上，将糖果盒里的瓜子和水果糖扔得满地都是，而杨泊仍然没有起床。你今天怎么啦？朱芸愠怒地走过去掀被子，你不上班吗？你不送孩子去幼儿园啦？她的手被杨泊突然地抓住了，她看见杨泊的头和肩部从被窝里慢慢升起来，杨泊的眼睛布满血丝，一种冰冷的陌生的光芒使朱芸感到很迷惑。

我要离婚。杨泊说。

你说什么？你是在说梦话还是开玩笑？

说正经的，我们离婚吧。杨泊穿上假领，浊重地舒了一口气，他的目光现在停留在墙上，墙上挂着一幅彩色的结婚合影。杨泊的嘴角浮现出一丝暧昧的微笑，他说，我想了一夜，不，我已经想了好几个月了，我要离婚。

朱芸抓住棉被一角怔在床边，起初她怀疑地看着杨泊脸上的表情，后来她便发现杨泊并非开玩笑，朱芸的意识中迅速掠过一些杨泊言行异常的细节。一切都是真的。朱芸脸色苍白，她看着杨泊将他汗毛浓重的双腿伸进牛仔裤里，动作轻松自如，皮带襻上的钥匙叮叮当当地响着。朱芸扬起手朝杨泊扇了一个耳光，然后她就呜呜地哭着冲出了房间。

自从杨泊表明了离婚意愿后，朱芸一直拒绝和杨泊说话。朱芸不做饭，什么也不吃，只是坐在椅子上织孩子的毛衣，偶尔她用眼角的余光瞟一下杨泊，发现杨泊胃口很好地吞咽着速食方便面。朱芸的嘴唇动了动，她轻轻骂了一句。杨泊没有听清她骂的什么，也许是畜生，也许是猪猡，但他可以肯定朱芸在骂他。杨泊耸耸肩，把碗里的由味精和香料调制的汤也喝光了，杨泊故意很响亮地咂着嘴，他说，世界越来越进步，日本人发明了方便面，现在女人想让男人挨饿已经不可能了。他看见朱芸绷着脸朝地上啐了一口，她用竹针在烫过的头发上磨了磨，又骂了一句，这回杨泊听清了，朱芸在骂他神经病。杨泊若无其事地从她身边走过，挖了挖鼻孔，然后他举起食指凝视着上面的污垢，一点不错，我就是个神经病，杨泊说着就将手指上的污垢噗地弹到了地上，神经病和智者只差半步。

冬日的黄昏凄清而短促，烤火的炉子早已熄掉，谁也没去管它，朝北的这个房间因此陷入了刺骨的寒冷中。杨泊坐在桌前玩一副破旧的扑克，牌阵总是无法通联，他干脆将扑克扔在一边，转过脸望着沙发上的朱芸。他看见朱芸的脸上浮动着一些斑驳的阴影，他不知道那些阴影是窗帘折射光线造成的，抑或直接来自他恶劣的心情。现在他觉得朱芸的坐姿比她站着时更加难看，而她在黄昏时的仪容也比早晨更加丑陋。

你老不说话是什么意思？杨泊搓了搓冻僵的手，他说，不说话不能解决问题，你脑子里到底在想什么？

我不跟畜生说话。朱芸说。

谩骂无济于事。现在我们应该平心静气地谈谈，我知道这要花时间，所以我向单位请了两天病假，我希望你能珍惜这点时间。下个星期我还要去北京出差。

那么你先告诉我，谁是第三者？是俞琼吧？我不会猜错，你已经让她迷了心窍。是她让你离婚的？

不。你为什么认为一定有个第三者呢？这实在荒唐。杨泊露出了无可奈何的微笑,他说,是我要跟你离婚,我无法和你在一起生活了,就这么简单。跟别人没有关系。

你把我当一只鞋子吗?喜欢就穿,不喜欢就扔?朱芸突然尖叫起来,她朝地上狠狠地跺了跺脚,我哪儿对不起你,我是跟谁搞腐化了,还是对你不体贴了?你倒是说出理由来让我听听。朱芸扔下手里的毛线,冲过来揪住了杨泊的衣领,一下一下地抻着,她的眼睛里沁满了泪花,你狼心狗肺,你忘恩负义,你忘了生孩子以前我每天给你打洗脚水?我怀胎八个月身子不方便,我就用嘴让你舒服,你说我有什么对不起你的地方?你倒是说呀!说呀!

杨泊的身体被抻得前后摇晃着,他发现女人在愤怒中触发的暴力也很可怕。杨泊顺势跌坐在床上,整理着衣领,他以一种平静的语气说,你疯了,离婚跟洗脚水没有关系,离婚跟性生活有一定关系,但我不是为了性生活离婚。

你的理由我猜得出,感情不和对吗?朱芸抓起地上的玩具手枪朝杨泊砸过去,噙着泪说,你找这个理由骗谁去?街坊邻居从来没有听见过我们夫妻吵架。结婚五年了,我辛辛苦苦持家,受了多少气,吃了多少苦,可我从来没有跟你吵过一次架。你要摸摸你的良心说话,你凭什么?

离婚跟吵架次数也没有关系。杨泊摇着头,扳动了玩具手枪的开关,一枚圆形的塑料子弹嗖地钉在门框上。杨泊看着门框沉思了一会,然后他说,主要是厌烦,厌烦的情绪一天天恶化,最后成为仇恨。有时候我通宵失眠,我打开灯看见你睡得很香，还轻轻打鼾，你的睡态丑陋极了。那时候我希望有一把真正的手枪，假如我有一把真正的手枪，说不定我会对准你的脸开枪。

我不怕你的杀心。那么除了打鼾，你还厌烦我什么？

我厌烦你夏天时腋窝里散发的狐臭味。

还厌烦我什么？

我厌烦你饭后剔牙的动作，你吃饭时吧叽吧叽的声音也让我讨厌。

还有什么？

你总是把头发烫得像鸡窝一样，一到夜里你守着电视没完没了地看香港电视连续剧，看臭狗屎一样的《卞卡》。

继续说，你还厌烦我什么？

你从来不读书不看报，却总是来跟我讨论爱情，讨论国家大事。

还有呢？你说下去。

我讨厌你跟邻居拉拉扯扯，在走廊上亲亲热热，关上房门就骂人家祖宗三代。你是个庸俗而又虚伪的女人。

全是屁话。朱芸这时候鄙夷地冷笑了一声，她说，你想离婚就把我贬得一钱不值，这么说你跟我结婚时的甜言蜜语山盟海誓全是假的，全是骗人的把戏？

不。你又错了。杨泊点上一支香烟，猛吸了几口说。当初我爱过你是真的，结婚是真的，现在我厌烦你，因此我必须离婚，这也是真的。你难道不懂这个道理？事物总是在不断地发展和变化。你我都应该正视现实。现实往往是冷酷的不近人情的。现实就是我们必须商讨一下离婚的具体事宜，然后选一个好天气去法院离婚。

没那么便宜。我知道只要我不同意，你就休想离成婚。朱芸咬紧牙关，她的脸在黄昏幽暗的光线中迸射出一种悲壮的白光，然后她从饼干筒里掏出了半袋梳打饼干，就着一杯冷开水开始吃饼干。朱芸一边嚼咽着饼干一边说，你他妈的看错人了，你以为我好欺？我凭什么白白地让你蹬了，我凭什么白白地让你舒服？

这又不是上菜场买菜，讨价还价多么荒唐。俗话说强扭的瓜不甜，事情已经到了这个地步，你说我们的夫妻生活过下去还有什么意思？杨泊提高了声调说，必须离婚了。

我不管这一套，我咽不下这口气。朱芸把房门用力摔打着走到外面。杨泊跟了出去，他看见朱芸进了厨房。朱芸在厨房里茫然地转了一圈，突然抓过刀将案板上的白菜剁成两半。杨泊倚着房门注视着朱芸的背部，他说，现在剁白菜干什么？现在迫切的不是吃饭，而是平心静气地商讨，我们还没有开始谈具体的问题呢。

朱芸不再说话，她继续剁着白菜，一直到案板上出现了水汪汪的菜泥，她用刀背盲目地翻弄着白菜泥，杨泊凭经验判断她在盘算什么有效的点子。他看见她缓缓地转过脸，以一种蔑视的眼神扫了他一眼，你非要离也行，朱芸说，拿两万元给我，你拿得出吗？没有两万元你就别来跟我谈离婚的事。

杨泊愣了一下，这个要求是他始料未及的。朱芸知道他不可能有这笔巨款，因此这是一种明显的要挟。杨泊摸了摸自己的头皮笑了。他像是自言自语地说，真奇怪，离婚为什么一定要两万元？为什么要了两万元就可以离婚了？这个问题我想不通。

想不通就慢慢想。朱芸这时候走出了厨房，她的脸上浮现出一丝狡黠和嘲讽的微笑。朱芸到外面的走廊上抱起了孩子，然后她朝杨泊抖了抖手上的自行车钥匙，我带孩子回娘家住几天，你慢慢地想，慢慢地筹钱，你还想谈什么就带上两万元去谈。我操你妈的×。

杨泊走到窗前推开窗子，看见朱芸骑着车驮着孩子经过楼下的空地。凛冽的夜风灌进室内，秋天遗弃在窗台上的那盆菊花在风中发出飒飒响声。杨泊发现菊花早已枯死，但有一朵硕大的形同破布的花仍然停在枯枝败叶之间，他把它掐了下来扔到窗外。他觉得这朵破布似的菊花毫无意义，因此也使人厌恶。在冬夜寒风的吹拂下，杨泊的思想一半在虚幻的高空飞翔，另一半却沉溺在两万元这个冷酷的现实中。他的五指关节富有节奏地敲击着窗台。两万元是个难题，但它不能把我吓倒。杨泊对自己轻轻地说。

在一个刚刚启用的路边电话亭里，杨泊给俞琼挂了电话。电话接通后，他听见俞琼熟悉的字正腔圆的普通话，一时不知道说什么好。他似乎从话筒里嗅到了海鸥牌洗发水的香味，并且很唯心地猜测俞琼刚刚洗濯过她的披肩长发，于是他说，你在洗头吗？别老洗头，报纸说会损坏发质。

没有。俞琼在电话线另一端笑起来，你说话总是莫名其妙。来了几个同学，他们约我去听音乐会，还多一张票，你马上也来吧，我等你。我们在音乐厅门口见面好了。

我没心思听音乐会。我要去找大头。

为什么又去找他？我讨厌大头，满身铜臭味，暴发户的嘴脸。俞琼用什么东西敲了敲话筒，她说，别去理这种人，看见他我就恶心。

没办法。我要找他借钱，两万元，不找他找谁？

为什么借那么多钱？你也想做生意吗？

跟朱芸做生意，她要两万元，你知道这是笔什么生意。

电话另一端沉寂了一会，然后突然啪地挂断了。杨泊隐隐听见俞琼的反应，她好像在说恶心。这是俞琼的口头禅，也是她对许多事物的习惯性评价。杨泊走出电话亭，靠着那扇玻璃门回味俞琼的反应。是够恶心的，但恶心的事都是人做出来的。杨泊用剩余的一枚镍币在玻璃门上摩擦，吱吱嘎嘎的噪音使他牙床发酸难以忍耐。但他还是坚持那样磨了一会，直到发现这种行为无法缓释他郁闷的心情。他将镍币朝街道的远处用力掷去，镍币立刻无影无踪，一如他内心的苦闷对于整座城市是无足轻重的。

冬天的街道上漂浮着很淡很薄的阳光，行人像鱼群一样游来游去，秩序井然地穿越十字路口和建筑物，穿越另外的像鱼群一样游来游去的行人。街景总是恰如其分地映现人的心情。到处了无生气，结伴而行的女中学生脸上的笑靥是幼稚而愚蠢的。整个城市跟我一样闷闷不乐，杨泊想这是因为离婚的叫声此起彼伏的缘故。走在人行道的最内侧，杨泊的脚步忽紧忽慢。他简短地回忆了与朱芸这场婚姻的全部过程，奇怪的是他几乎想不起重要的细节和场面了，譬如婚礼，譬如儿子出世的记忆。他只记得一条白底蓝点子的裙子，初识朱芸时她就穿着这样一条裙子，现在他仍然清晰地看见它，几十个蓝色小圆点有机排列在白绸布上，闪烁着刺眼的光芒。

杨泊走进大头新买的公寓房间时，发现自己突然感冒了，他听见自己说话夹杂着浓重的鼻音。大头穿着一件羊仔皮背心，上身显得很细很小，头就显得更大了。杨泊将一只手搭到他的肩上说，没什么事，我只是路过来看看你。最近又发什么财啦？大头狐疑地看看杨泊，突然笑起来说，我长着世界上最大的头，别人的心思我都摸得透，你有话慢慢说，先上我的酒吧来坐坐吧。杨泊吸了一下鼻子，不置可否地朝酒吧柜里面张望了一眼，他说，那就坐坐吧，我不喝酒，我感冒了。

喝点葡萄酒，报纸上说葡萄酒可以治感冒的。大头倒了一杯酒给杨泊，补充说，是法国货，专门给小姐们和感冒的人准备的。我自己光喝黑方威士忌和人头马 XO。

我不喝。最近这个阶段我要使头脑一直保持清醒。

你是不是在闹离婚？大头直视着杨泊的脸，他说，满世界都在闹离婚，我不懂既然要离婚，为什么又要去结婚？如果不结婚，不就省得再离婚了吗？你们都在浪费时间嘛。

你没结过婚，你没法理解它的意义。杨泊叹了一口气，环顾着房子的陈设和装潢，过了一会儿又说，你没离过婚，所以你也没法理解它的意义。

意义这种字眼让我头疼，别跟我谈意义。大头朝空中挥了挥手，他的态度突然有点不耐烦，你是来借钱的吧？现在对你来说钱就是意义。说吧，你要借多少意义？

两万。这是她提出的条件。杨泊颓然低下头，他的旅游鞋用力碾着脚下的地毯。杨泊说，别拒绝我，我会还的，我到时连本带息一起还你。我知道你的钱也来之不易。

看来你真的很清醒。大头调侃地笑了笑，他拍着杨泊的肩膀，突然说，杨泊杨泊，你也有今天。你还记得小时候你欺负我的事吗？你在孩子堆里逞大王，你把我的腰往下摁，让我做山羊，让其他孩子从我背上一个个跳过去？

不记得了。也许我小时候很坏，很不懂事。杨泊说。

你现在也很坏。大头的手在杨泊的后背上弹击了几次，猛地勾住了杨泊的脖子，然后大头以一种异常亲昵的语气说，杨泊，借两万元不在话下，可是我也有个条件。你现在弯下腰，做一次山羊，让我跳过去，让我也跳一次玩玩啦。

你在开玩笑？杨泊的脸先是发红，然后又变得煞白。

不是玩笑。你不知道我这个人特别记仇。

确实不是玩笑，是污辱。杨泊站起来用力撩开大头的手。我以为你是朋友，我想错了，你什么也不是，就是一个商人。

杨泊走到门口说，金钱使人堕落，这是叔本华说的，这是真理。大头，我操你妈，我操你的每一分钱。

杨泊听见大头在后面发出一阵狂笑，杨泊感到一种致命的虚弱。在楼梯上他站住了，在短暂而紧张的思考以后，他意识到这样空手而归是一个错误。虚荣现在可有可无，至关重要的是两万元钱，是离婚事宜的正常开展。于是杨泊又鼓起勇气回到大头的门外，他看见大头扛着一根棕色的台球杆从里面出来。杨泊咬了咬牙，慢慢地将腰往下弯，他的身体正好堵在防盗门的外面，堵住了大头的通路。

你跳吧。杨泊低声地对大头说。

我要去台球房。我喜欢用自己的台球杆，打起来顺手。大头用台球杆轻轻击打着铁门，你跟我一起去玩玩吗？

你跳吧。杨泊提高了声音，他说，别反悔，跳完了你借我两万元。

跟我一起去玩吧，我保证你玩了一次，还想玩第二次。

我不玩台球，我想离婚。杨泊几乎是怒吼了一声，他抬起头，眼睛里迸出逼人的寒光，来呀，你跳吧，从我身上跳过去！

大头犹豫了一会儿，他把台球杆靠在墙上说，那就跳吧，反正这也是笔生意，谁也不吃亏。

他们重温了童年时代的游戏，大头叉开双腿利索地飞越杨泊的背部以及头部，他听见什么东西断裂的声音，他的心脏被大头全身的重量震得疼痛，另外有冰冷的风掠过耳边。杨泊缓缓地直起腰凝望着大头,他的表情看上去非常古怪。这是在开玩笑。杨泊嗫嚅着说,跳山羊,这是开玩笑是吗?

不是玩笑,是你要离婚,是你要借钱。大头从皮带上解下钥匙圈走进屋里,隔着几道门杨泊听见他说,这笔生意做得真有意思,贷款两万元跳一次山羊啦。

杨泊最后从大头手上接过一只沉甸甸的信封。他从大头的眼睛里看见一种熟悉的内容,那是睥睨和轻蔑。朱芸也是这样看着他的。在恍惚中听见大头说,杨泊,其实你是个卑鄙无耻的人。为了达到你的目标,我就是让你吃屎你也会吃的。杨泊的身体再次颤动了一下,他将信封装在大衣口袋里,你他妈的胡说些什么?大头举起台球杆在杨泊腰际捅了一下,大头对杨泊说,快滚吧,你是只最讨厌的黑球八号,你只能在最后收盘时入洞。

当杨泊走进朱芸娘家的大杂院时,他的心情总是很压抑。朱芸正在晾晒一条湿漉漉的印花床单。杨泊看见她的脸从床单后面迟疑地出现,似乎有一种恐惧的阴影一闪而过。

钱带来了。杨泊走过去,一只手拎高了人造革桶包。

朱芸没说话,朱芸用力拍打着床单,一些水珠溅到了杨泊的脸上。杨泊敏捷地朝旁边跳了一步,他看见朱芸的手垂搭在晾衣绳上,疲沓无力,手背上长满了紫红色的冻疮。杨泊觉得他从来没见过这么丑陋的女人的手。

这里人多眼杂,去屋里谈吧。

你还有脸进我家的门？朱芸在床单那边低声说，她的嗓音听上去像是哭坏的，沙哑而含糊，我还没跟家里人说这事。我跟他们说暂时回家住两天，说你在给公司写总结。

迟早要说的，不如现在就对他们说清楚。

我怕你会被我的三个兄弟揍扁。你知道他们的脾性。

他们没理由揍我，这是我和你的事，跟他们无关。

他们会狠狠地揍扁你的。揍你这种混蛋，揍了是白揍。

你们实在要动武也可以，我是有思想准备的。杨泊的脸固执地压在晾衣绳上，注视着朱芸在脸盆里拧衣服的一举一动，他的表情似笑非笑，只要能离婚，挨一顿揍不算什么。

杨泊听见朱芸咬牙的声音。杨泊觉得愤怒和沮丧能够丑化人的容貌，朱芸的脸上现在呈现出紫青色，颚部以及咬肌像男人一样鼓胀起来。有话回家去说，朱芸突然踢了踢洗衣盆，她说，别在这里丢人，你不嫌丢人我嫌丢人，你也别在这里给我父母丢人，我们说话邻居都看在眼里。

我不懂你的想法。我不知道你为什么认为这事丢人，我不知道这跟你父母有什么关系，跟邻居又有什么关系！

你当然不懂。因为你是个不通人性的畜生。朱芸在床单那边发出了一声短促而压抑的哽咽，朱芸蹲着将手从床单下伸过来，在杨泊的脚踝处轻轻地掐拧着，杨泊，我求你回家去说吧，别在这儿丢人现眼。

杨泊俯视着那只长满冻疮的被水泡得发亮的手，很快缩回脚。他说，可是你什么时候回家？我把钱借来了，你该跟我谈具体的事宜了。我们选个好日子去法院离婚。

等到夜里吧，等孩子睡着了我就回家。朱芸想了想，突然端起盆朝杨泊脚下泼了盆肥皂水，她恢复了强硬的口气，我会好好跟你谈的，我操你妈的×。

杨泊穿着被泅湿的鞋子回到家里，全身都快冻僵了。家里的气温与大街上相差无几，家具和水泥地面泛出一种冰凉的寒光。杨泊抱着脑袋在房间里转了几圈，他想与其这样无休止地空想不如好好放松一下，几天来他的精神过于紧张了。杨泊早早地上床坐在棉被里，朝卡式录音机里塞了盘磁带，他想听听音乐。不知什么原因录音机老是卷带，杨泊好不容易弄好，一阵庄严的乐曲声在房间里回荡，杨泊不禁哑然失笑，那首乐曲恰恰是《结婚进行曲》。杨泊记得那是新婚时特意去音乐书店选购的，现在它显得可怜巴巴而具有另外的嘲讽意味。

杨泊坐在床上等待朱芸回家，他觉得整个身体都不太舒服，头脑有点昏涨，鼻孔塞住了，胃部隐隐作疼，小腹以下的区域则有一种空空的冰凉的感觉。杨泊吞下了一把牛黄解毒丸，觉得喉咙里很苦很涩，这时候他又想起了俞琼最后在电话里说的话。恶心。她说。恶心。杨泊说。杨泊觉得俞琼堪称语言大师，确实如此，恶心可以概括许多事物的真实面貌。

夜里十点来钟，杨泊听见房门被人一脚踢开。朱芸先闯进来，跟在后面的是她的三个兄弟。杨泊合上了尼采的著作，慢慢从床上爬起来，他说，你们这是什么意思？

打！朱芸突然尖叫了一声，打死这个没良心的畜生！

他们动手前先关上了灯,这样杨泊无法看清楚他们的阴郁而愤怒的脸。杨泊只是感受到他们身上挟带的冰冷的寒气,感受到杂乱的拳头和皮鞋尖的攻击,他听见自己的皮肉被捶击后发出的沉闷的回音,还依稀听见朱芸忽高忽低的尖叫声,打!打死他我去偿命!杨泊头晕耳鸣,他想呼叫但颈部被谁有力地卡住了,他叫不出声音来。他觉得自己像一条狗被人痛打着,在痛楚和窒息中他意识到要保护他的大脑。于是他用尼采的著作挡住了左侧的太阳穴,又摸到一只拖鞋护住了右侧太阳穴,之后他就不省人事了。

大约半个钟头以后,杨泊从昏迷中醒来,房间里已黑漆漆的一片沉寂。杨泊摇摇晃晃地站起来,拉到了灯绳。他发现房间仍然维持原样,没有留下任何殴打的痕迹。这很奇怪。杨泊估计在他昏迷的时候朱芸已经收拾过房间,甚至那本尼采的著作也放回了书架上。杨泊觉得女人的想法总是这样奇怪之至。她竟然抽空收拾了房间。杨泊苦笑着自言自语。他走到镜子前,看见一张肿胀发青的脸,眼睑处鼓起一个小包,但是没有血痕。杨泊猜想那肯定也是被朱芸擦掉的,为什么要这样?杨泊苦笑着自言自语,他举起手轻柔地摸着自己受伤的脸部,对于受伤的眼睛和鼻子充满了歉疚之情。他身体单薄不善武力,他没能保护它们。最后杨泊的手指停留在鼻孔处,他轻轻地抠出一块干结的淤血,抹在玻璃镜子上,然后他注视着那块淤血说,恶心。真的令人恶心。

第二天又是寒风萧瑟的一天，杨泊戴了只口罩想出门去，走到门口看见楼道上并排坐着几个择菜的女邻居，杨泊又回来找了副墨镜遮住双眼。杨泊小心地绕开地上的菜叶，头向墙的一侧歪着。后面的女邻居还是喊了起来，小杨，你们家昨天夜里怎么回事？杨泊站住了反问道，我们家昨天夜里怎么回事？女邻居说，怎么乒乒乓乓地响，好像在打架？杨泊往上拽了拽口罩，他说，对不起，影响你们休息了。然后他像小偷似的悄悄溜出了旧式工房。

街上狂风呼啸，杨泊倒退着走了几步。杨泊觉得整个世界都是恃强欺弱，他已经被打得遍体鳞伤，现在风也来猛烈地吹打他。一切都是考验和磨砺。杨泊想所谓的意志就是在这样的夹缝中生长的。什么都不能摧垮我的意志。杨泊这样想着朝天空吹了声口哨。天空是铅灰色的，稀少的云层压得很低，它们像一些破棉絮悬浮在烟囱和高层建筑周围。多日来气候总是欲雪未雪的样子，杨泊一向厌烦这种阴沉沉的天气。他希望在售票处会顺利，但他远远地就看见一支队伍从售票处逶迤而出，黑压压一片，杨泊的双眼眼球一齐疼痛起来。这是他特有的生理反应，从少年时代开始就这样，只要看见人排成黑压压的蛇阵，他的眼球就会尖利地疼痛，他不知道这是哪种眼疾的症状。

售票大厅里聚集着很多人，一半是排队买票的，另一半好像都是黄牛票贩。杨泊站在标有北方字样的窗前，朝窗内高声问，去北京的卧铺票有吗？女售票员在里面恶声恶气地回答，后面排队去，杨泊就站到了买票的队伍后面。他听见前面有人在说，还卧铺呢，马上坐票都没有啦！又有人牢骚满腹地说，这么冷的天，怎么都不肯在家待着，怎么都发疯似的往北面跑呢？杨泊在队伍后面轻轻地一笑，杨泊说，这话说得没有逻辑，既然是这么冷的天，那你为什么也要往北面跑呢？发牢骚的人显然没有听见杨泊的驳斥，他开始用粗鲁下流的语言咒骂铁路、售票员以及整个社会的不正之风。这回杨泊笑出了声，杨泊觉得到处都是这种不负责任的怨气和指责，他们缺乏清晰的哲学头脑和理论修养，而问题的关键在于他们没有耐心，没有方法也没有步骤。

有个穿风衣的人在后面拉杨泊的衣袖，他说，到北京的卧铺票，加两包烟钱就行。杨泊坚决地摇了摇头，不，我排队。杨泊觉得那个人很可笑，只要我排队，自然应该买到票，我为什么要多付你两包烟钱？那个人说，别开国际玩笑了，你以为你排队就买到票了？我告诉你加两包烟钱你不会吃亏的，我给你二十块钱车票怎么样？可以给单位报销的。杨泊仍然摇着头，杨泊说，不，我不喜欢这样，该怎样就怎样，我不会买你这种不明不白的票。那个人鄙夷地将杨泊从头到脚扫视了一遍，突然骂道，你是个傻×。杨泊一惊，你说什么？那个人愤愤地重复了一遍，傻×，傻×。然后他推了杨泊一把，从排队队伍中穿插过去。杨泊目瞪口呆地望着那个人钻进南方票的队伍中，杨泊觉得他受到了一场莫名其妙的污辱。幸好他已经排到了售票窗口，他把捏着钱的手伸进去，被女售票员用力推开了。她说，你手伸那么长干什么？杨泊说，买票呀，到北京的卧铺票。女售票员啪啪地在桌上敲打着什么东西，谁告诉你有票的？没有卧铺票了。说着她站起来把窗口的移门关上了。杨泊伸手去推已经推不开了，他说，没卧铺就买硬座，你关门干什么？女售票员在里面嗡声嗡气地说，不卖了，下班了，你们吵得我头疼。杨泊看看手表，离售票处的休息时间还有半个钟头，可她却不卖票了，她说她头疼。杨泊怒不可遏，朝着玻璃窗吼了一句，你混账。他听见女售票员不愠不恼地回答，你他妈的才混账呢，有意见找领导提去。

　　杨泊沮丧地走到外面的台阶上，几个票贩子立刻跟了上来。那个穿风衣的也在里面，他幸灾乐祸地朝杨泊眨眨眼睛，怎么样了？买到卧铺票啦？杨泊站在台阶上茫然环顾四周，他说，这个世界有时候无理可讲。穿风衣的人扬了扬手中的车票，怎么样？现在肯付两包烟钱了吧。杨泊注视着那个人的脸，沉默了一会，最后他微笑着摇了摇头。不，杨泊说，我绝不妥协。

　　这天杨泊的心情坏透了。杨泊的心中充满了一种广袤的悲观和失望。他想也许这是天气恶劣的缘故，当一个人的精神轻如草芥的时候，狂暴的北风就变得残忍而充满杀机。杨泊觉得大风像一只巨手推着他在街上走，昨夜挨打后留下的伤处似乎结满了冰碴，那种疼痛是尖利而冰冷的，令人无法忍受。路过一家药店时，杨泊走进去买了一瓶止痛药。女店员狐疑地盯着他脸上的口罩和墨镜，你哪里疼？杨泊指了指口罩后面的脸颊，又指了指胸口，他说，这儿疼，这儿也疼，到处都有点疼。

星期一杨泊去公司上班，同事们都看见了他脸上的伤。没等他们开口问，杨泊自己做了解释，他说，昨天在房顶上修漏雨管，不小心摔下去了，没摔死就算命大了。哈哈。

杨泊拿了一沓公文走进经理办公室，默默地把公文交还给经理，他说，这趟差我出不成了，你另外找人去吧。

怎么啦？经理很惊讶地望着杨泊，不是你自己想去吗？

买不到车票。杨泊说。

怎么会买不到车票？没有卧铺就买坐票，坐票有补贴的，你也不会吃亏。

不是这个问题。主要是恶心，我情绪不好。杨泊摸了摸脸上的淤伤，他说，我昨天从房顶上摔下来了。

莫名其妙。经理有点愠怒。他收起了那叠公文，又专注地盯了眼杨泊脸上的伤处，我知道你在闹离婚，我不知道你是怎么想的，你妻子那么贤惠能干，你孩子也很招人喜欢，我不知道你为什么也要赶离婚的时髦？

离婚不是时髦，它是我的私事，它只跟我的心灵有关。杨泊冷静地反驳道。

那你也不能为私事影响工作。经理突然拍了拍桌子，他明显是被杨泊激怒了。什么买不到车票？都是借口，为了离婚你连工作都不想干了，不想干你就给我滚蛋。

我觉得你的话逻辑有点混乱。杨泊轻轻嘀咕了一句，他觉得经理的想法很可笑，但他不想更多地顶撞他，更不想作冗长的解释。杨泊提起桌上的热水瓶，替经理的茶杯续了一杯水，然后他微笑着退出了经理的办公室。他对自己的行为非常满意。

在走廊上杨泊听见有个女人在接待室里大声啼哭，他对这种哭声感到耳熟。紧接着又听见一声凄怆的哭喊，他凭什么抛弃我？这时候杨泊已经准确无误地知道是朱芸来了。杨泊在走廊上焦灼地徘徊了一会儿，心中充满了某种说不清的恐惧。他蹑足走到接待室门口，朝里面探了探脑袋。他看见几个女同事围坐在朱芸身边，耐心而满怀怜悯地倾听她的哭诉。

只有他对不起我的事，没有我对不起他的事，他凭什么跟我离婚？朱芸坐在一张木条长椅上边哭边说，她的头发蓬乱不堪，穿了件男式的棉大衣，脚上则不合时宜地套了双红色的雨靴。女同事们拉着朱芸的手，七嘴八舌地劝慰她。杨泊听见一个女同事在说，你别太伤心了，小杨这家伙还不懂事，我看他是头脑发热一时冲动。我们会劝他回头的，你们夫妻也应该好好谈谈，到底有什么误会？这样哭哭闹闹的多不好。

自作聪明。杨泊苦笑着摇了摇头，他倚墙站着，他想知道朱芸到公司来的真正目的。如果她认为这样会阻挠离婚的进程，那朱芸未免太愚蠢了。

我们结婚时他一分钱也没有，房子家具都是我家的，连他穿的三角裤、袜子都是我买的，我图他什么？图他老实。谁想到他是装的，他是陈世美，他喜新厌旧，现在勾搭上一个女人，就想把我一脚蹬了。你们替我评评这个理吧。朱芸用手帕捂着脸边哭边说，说着她站了起来，我要找你们的领导，我也要让他评评这个理。

杨泊看见朱芸从接待室里冲出来，就像一头狂躁的母狮。杨泊伸手揪住了朱芸的棉大衣的下摆，朱芸回过头说，别碰我，你抓着我干什么？杨泊松开了手，他说，我让你慢点走，别性急，经理就在东面第三间办公室。

走廊上已经站满了人，他们都关注地望着杨泊。杨泊从地上捡起一张报纸挡着自己的脸，走进了楼道顶端的厕所。他将厕所门用力撞了三次，嘭，嘭，嘭，然后他朝走廊上的人喊，我在厕所里，你们想来就来看吧。走廊上的人窃窃私语，杨泊朝他们做了个鄙夷的鬼脸，然后走到了蹲坑上。抽水马桶已经坏了，蹲坑里储存着别人的可恶的排泄物，周围落满了各种质地的便纸，一股强烈的恶臭使杨泊感到反胃。他屏住呼吸蹲了下来，他想一个人是经常会被恶臭包围的，怎么办？对付它的最好办法就是屏住呼吸。杨泊的耳朵里依然有朱芸的哭诉声回荡着。他尽量不去想她和经理谈话的内容。现在他被一面墙和三块红漆挡板包围着，他发现其中一块挡板被同事们写满了字，有几排字引起了杨泊的关注：

邹经理是条色狼

我要求加三级工资

离婚指南　　77

我要出国留学啦

杨泊不太赞赏在厕所挡板上泄私愤的方法，但他喜欢这种独特的自娱态度。最后他也从口袋里掏出双色圆珠笔，在挡板上飞快地写了一排字：

我要离婚

冬天杨泊终于还是去北京出了一趟差。火车驶至河北省境内时，突然出了件怪事。有一辆货车竟然迎面朝杨泊乘坐的客车奔驰而来。杨泊当时正趴在茶案上打瞌睡，他依稀觉得火车停下来了，人们都探出车窗朝一个方向张望。事情终于弄清楚了，是扳道工扳错了轨次，两列相向而行的火车相距只有一百多米了。杨泊吓了一跳，在漫长的临时停车时间里，他听见车厢里的人以劫后余生的语气探讨事故的起因和后果。而邻座的采购员愤愤不平地对杨泊说，你说现在的社会风气还像话吗？扳道工也可以睡觉，拿我们老百性的性命当儿戏。杨泊想了一会扳道的事，在设想了事故的种种起因后，他宽宥了那个陌生的扳道工。杨泊淡然一笑说，谁都会出差错。也许扳道工心神不定，也许他正在跟妻子闹离婚呢。

杨泊用半天时间办完了所有公务。剩下的时间他不知道怎么打发。这是他生平第二次来到北京。第一次是跟朱芸结婚时的蜜月旅行。他记得他们当时住在一家由防空洞改建的旅馆里，每天早出晚归，在故宫、北海公园和颐和园之间疲于奔命，现在他竟然回忆不出那些风景点的风景了，只记得朱芸的那条白底蓝点子的连衣裙，它带着一丝汗味和一丝狐臭像鸟一样掠过。那段日子他很累，而且他的眼球在北京的浩荡人群里疼痛难忍。他还记得旅馆的女服务员郑重地告诫他们，不要弄脏床单，床单一律要过十天才能换洗。杨泊在西直门立交桥附近徘徊了一会儿，忽然想起几个女同事曾经托他买果脯和茯苓夹饼之类的东西，他就近跳上了一辆电车。时值正午时分，车上人不多。穿红色羽绒服的男售票员指着杨泊说，喂，你去哪儿？杨泊一时说不上地名，哪儿热闹就去哪儿，随便。售票员瞪了杨泊一眼，从他手上抢过钱，他说，火葬场最热闹你去吗？土老帽，捣什么乱？杨泊知道他在骂人，脸色气得发白，你怎么随便骂人呢？售票员鼻孔里哼了一声，他挑衅地望着杨泊的衣服和皮鞋，你找练吗？他说，傻×，你看你还穿西装挂领带呢！杨泊忍无可忍，一把揪住了对方的红色羽绒服。你怎么随便污辱人呢？杨泊只是拽了拽售票员的衣服，他没想到售票员就此扭住了他的肘关节。傻×，你他妈还想打我？售票员骂骂咧咧地把杨泊推到车门前。这时候杨泊再次痛感到自己的单薄羸弱，他竟然无力抵抗对方更进一步的污辱。车上其他的人面无表情，前面有人问，后面怎么回事？穿红羽绒服的售票员高声说，碰上个无赖，开一下车门，我把他轰下去。紧接着车门在降速中启开，杨泊觉得后背被猛地一击，身体便摔了出去。

杨泊站在一块标有青年绿岛木牌的草圃上，脑子竟然有点糊涂。脚踝处的胀疼提醒他刚才发生了什么。真荒谬，真倒霉。杨泊沮丧地环顾着四周，他觉得那个穿红羽绒服的小伙子情绪极不正常，也许他也在闹离婚。杨泊想，可是闹离婚也不应该丧失理智，随便伤害一个陌生人。杨泊又想也许不能怪别人，也许这个冬天就是一个倒霉的季节，他无法抗拒倒霉的季节。

马路对面有一家邮电局。杨泊走进了邮局，他想给俞琼挂个电话说些什么。电话接通后他又后悔起来，他不知道该说些什么，心莫名其妙跳得很快。

喂，你是谁？俞琼在电话里很警惕地问。

我是一个倒霉的人。杨泊愣怔了一会说。

是你。你说话老是没头没脑的。俞琼好像叹了一口气，然后她的声调突然快乐起来，你猜我昨天干什么去了？我去舞厅跳通宵迪斯科了，跳得累死了，跳得快活死了。

你快活就好。我就担心你不快活。杨泊从话筒中隐隐听见一阵庄严的音乐，旋律很熟悉一时却想不起曲名，他说，你那边放的是什么音乐？

是你送给我的磁带，《结婚进行曲》。

别说话，让我听一会儿吧。请你把音量拧大一点。杨泊倚着邮电局的柜台，一手紧抓话筒，另一只手捂住另一只耳朵来阻隔邮电局的各种杂音。他听见《结婚进行曲》的旋律在遥远的城市响起来，像水一样泅透了他的身躯和灵魂，杨泊打了个莫名的冷战，他的心情倏地变得辽阔而悲怆起来。后来他不记得电话是怎样挂断的，只依稀听见俞琼最后的温柔的声音，我等你回来。

这天深夜，杨泊由前门方向走到著名的天安门广场。空中飘着纷纷扬扬的细雪，广场上已经人迹寥落，周围的建筑物在夜灯的照耀下呈现出一种直角的半明半暗的轮廓。杨泊绕着广场走了一圈，他看见冬雪浅浅地覆盖着这个陌生的圣地，即使是那些照相点留下的圆形木盘和工作台，一切都在雪夜里呈现肃穆圣洁的光芒。杨泊竭力去想象在圣地发生的那些重大历史事件，结果却是徒劳。他脑子里依然固执地盘桓着关于离婚的种种想法。杨泊低着头，用脚步丈量纪念碑和天安门城楼间的距离。在一步一步的丈量中，他想好了离婚的步骤；一、要协议离婚，避免暴力和人身伤害；二、要给予朱芸优越的条件，在财产分配和经济上要做出牺牲；三、要提前找房子，作为新的栖身之地；四、要为再婚做准备，这些需要同俞琼商量。杨泊的思路到这里就堵塞了，俞琼年轻充满朝气的形象也突然模糊起来，唯一清晰的是她的乌黑深陷的马来人种的眼睛，它含有一半柔情一半鄙视，始终追逐和拷问着杨泊。你很睿智，你很性感，但你更加怯懦。杨泊想起俞琼在一次做爱后说过的话，不由得感伤起来。夜空中飞扬的雪花已经打湿了他的帽子和脖颈，广场上荡漾着湿润的寒意。杨泊发现旗杆下的哨兵正在朝他观望，他意识到不该在这里逗留了。

杨泊觉得在天安门广场考虑离婚的事几乎是一种亵渎，转念一想，这毕竟是个人私事，它总是由你自己解决问题，人大常委会是不可能在人民大会堂讨论这种事的。杨泊因此觉得自己夜游广场是天经地义的自由。

杨泊推开家门，意外地发现朱芸母子俩已经回家了。尿布和内衣挂在绳子上，还在滴水。地上扔满了玩具和纸片。孩子正端坐在高脚痰盂上，他在拉屎，朱芸的一只手抚着孩子，另一只手中还抓着一件湿衣服。她直起腰望着杨泊，目光很快滑落到他的旅行袋上，有一丝慌乱，也有一丝胆怯。

你爸爸回来了，快叫爸爸。朱芸轻轻地推了孩子一把。孩子茫然地看了看杨泊，又低头玩起积木来。朱芸说，你看你这傻孩子，你不是天天吵着要爸爸吗？

杨泊放下旅行袋走过去，亲了亲孩子的脸颊。孩子的脸上有成人用的面霜的香气，是朱芸惯常搽的那种香粉。除此之外，杨泊还闻到了一股粪便的臭味。他皱了皱眉头，用一种平淡的口气问，什么时候回来的？

我给你熬了一锅鸡汤。朱芸没有回答杨泊的话，她看着厨房的方向说，汤里放了些香菇，还热着呢，你去盛一碗喝。

不想喝，你自己喝吧。

我打电话给你们公司，知道你今天回来。我是特意为你熬的鸡汤。你喜欢喝的。

那是以前。现在我对美味佳肴没什么兴趣，让我伤脑筋的是生存问题。杨泊脱掉鞋子躺到床上，他说，我很累，昨天夜里一夜没有合眼。杨泊觉得背上袭来一阵凉意，侧身一看是一块棉垫子，垫子被孩子尿得精湿，杨泊拎起它看了看，然后扔到了地上，讨厌。杨泊说。

你怎么扔地上？朱芸捡起了垫子，她的表情变得很难堪，你连孩子也讨厌了？孩子尿床是正常的，你怎么连孩子也讨厌了？

我只是讨厌这块垫子。请你不要偷换主题。

你讨厌我我也没办法，孩子是你的亲骨血，他有什么错？你凭什么讨厌你自己的孩子呢？

我不知道。杨泊翻了个身，将脸埋在发潮的被褥里，他听见朱芸急促的喘气声，那是她生气的标志。杨泊突然意识到自己的邪恶的欲念，他想惹朱芸发怒，他想打碎她贤惠体贴的面具。每个人都讨厌我，即使是一个北京的电车售票员。杨泊闷声闷气地说，所以我也有理由恨别人，讨厌你们每一个人。

别骗人了。朱芸讥嘲地一笑，她开始窸窣地替孩子擦洗，她说，那么你连俞琼也讨厌啦？讨厌她为什么还要跟她一起鬼混？

我不知道。也许连她也令我讨厌，这恰恰是我们生存中最重要的疑问。杨泊朝空中挥了挥手，他从棉被的缝隙中窥视着朱芸，这些问题我没有想透，而你更不会理解，因为你只会熬鸡汤洗衣服，你的思想只局限在菜场价格和银行存款上。你整天想着怎样拖垮我，一起往火坑里跳。

杨泊发现朱芸紧咬着嘴唇，她的脸色变成钢板一样的铁青色。杨泊以为她会暴怒,以为她会撒泼,奇怪的是朱芸没这么做。朱芸抱着孩子呆立在痰盂旁,张大嘴望着天花板,杨泊听见她轻轻地嘀咕了一声,好像在骂放屁,然后她抱着孩子走到外间去了。房门隔绝了母子俩的声音和气息,这使杨泊感到轻松。他很快就在隐隐的忧虑中睡着了。在梦中杨泊看见孩子的条形粪便在四周飘浮,就像秋天的落叶,他的睡梦中的表情因而显得惊讶和厌恶。

不知道天是怎样一点点黑下来的,也不知道邻居们在走廊上突然爆发的争吵具体内容是什么。杨泊后来被耳朵后根的一阵微痒弄醒,他以为是一只虫子,伸手一抓抓到的却是朱芸的手指。原来是朱芸在抚摸他耳后根敏感的区域。你想干什么?杨泊挪开朱芸的手,迷迷糊糊地说。现在我不喜欢这样。在静默了一会儿以后,他再次感觉到朱芸那只手对他身体的触摸,那只手在他胸前迟滞地移动着,最后滑向更加敏感的下身周围。杨泊坐了起来,惊愕地看了看朱芸,他看见朱芸半跪在床上,穿着一件半透明的粉红色睡裙,她的头发像少女时代那样披垂在肩上。朱芸深埋着头,杨泊看不见她的脸。你怎么啦?他托起了她的下颏,他看见朱芸凄恻哀伤的表情,朱芸的脸上沾满泪痕。

别跟我离婚,求求你,别把我这样甩掉。朱芸的声音听上去就像梦呓。

穿这么少你会着凉的。杨泊用被子护住了自己的整个身体,他向外挪了下位置,这样朱芸和他的距离就远了一点。这么冷的天，你小心着凉感冒了。他说。

别跟我离婚。朱芸突然又哽咽起来，她不断地绞着手中的一绺头发，我求你了，杨泊，别跟我离婚。以后你让我怎样我就怎样，我会对你好的。

我们不是都谈好了吗？该谈的都谈过了，我尊重我自己的人格和意愿，我决不随意改变自己的决定。

狠心的畜生。朱芸沉默了一会儿，眼睛中掠过一道绝望的白光。她说，你是在逼我，让我来成全你吧。我死给你看，我现在就死给你看。她跳下床朝窗户扑过去，拔开了窗户的插销。风从洞开的窗户灌进来，杨泊看见朱芸的粉红色睡裙疾速地膨胀，看上去就像一只硕大的气球。我现在就死给你看。朱芸尖声叫喊着，一只脚跨上了窗台，杨泊就是这时候冲上去的，杨泊抱住了她的另一只脚。别这样，他说，你怎么能这样？她的脸显出病态的红润。别拽我，你为什么要拽住我？朱芸用手掌拍打着窗框，她的身体僵硬地保持着下滑的姿势，我死了你就称心了，你为什么不让我去死？杨泊只是紧紧地抱住她的腿，突如其来的事件使他头脑发晕，他觉得有点恐怖，在僵持中他甚至听见一阵隐蔽而奇异的笑声，那无疑是对他的耻笑，它来自杨泊一贯信奉的哲学书籍中，也来自别的人群。笑声中包含了一个棘手的问题，要出人命了，你现在怎么办？

杨泊后来把朱芸抱下窗台，已经是大汗淋漓。他把朱芸扔到地上，整个身体像发疟疾似的不停颤抖，而且无法抑制。杨泊就把棉被披在身上，绕着朱芸走了几圈，他对朱芸说，你的行为令人恐怖，也令人厌恶。他看见朱芸半跪半躺在地上，手里紧捏着一把水果刀，朱芸的眼神飘荡不定，却明确地含有某种疯狂的挑战性。请你放下刀子，杨泊上去夺下了水果刀，随手扔出了窗外。这时候他开始感到愤怒，他乒乒乓乓关上了窗子，一边大声喊叫，荒谬透顶，庸俗透顶，这跟离婚有什么关系？难道离婚都要寻死觅活的吗？

我豁出去了。朱芸突然说了一句，她的声音类似低低的呻吟，要死大家一起死，谁也别快活。

你说什么？杨泊没有听清，他回过头时朱芸闭上了眼睛。一滴泪珠沿着鼻翼慢慢滚落。朱芸不再说话，她身上的丝质睡袍现在凌乱不堪，遮掩着一部分冻得发紫的肉体。杨泊皱了皱眉头，他眼中的这个女人就像一堆粉红色的垃圾，没有生命，没有头脑，但它散发的腐臭将时时环绕着他。杨泊意识到以前低估了朱芸的能量，这也是离婚事宜拖沓至今的重要原因。

星期三下午是例行约会的时间，地点在百货大楼的鞋帽柜台前。这些都是俞琼选定的，俞琼对此曾作过解释，因为星期三下午研究所政治学习，当杨泊的电话拨到研究所的会议室时，俞琼就对领导说，我舅舅从广州来了，我要去接站了，或者说，我男朋友让汽车撞了，我马上去医院看他。至于选择鞋帽柜台这种毫无情调的约会地点，俞琼也有她的理由。这个地方别出心裁，俞琼说，可以掩人耳目，也不怕被人撞到。我们尽管坐着说话，假如碰到熟人，就说在试穿新皮鞋。

两个人肩并肩地坐在一张简易的长椅上。有个男人挤在一边试穿一双白色的皮鞋，脱了旧的穿新的，然后又脱了新的穿旧的。杨泊和俞琼都侧转脸看着那个男人，他们闻到一股脚臭味，同时听见那个男人嘟囔了一句，不舒服，新鞋子不如旧鞋子舒服。俞琼这时候捂着嘴笑起来，肩膀朝杨泊撞了一下。

你笑什么？杨泊问俞琼。

他说的话富有哲理，你怎么一点反应也没有？

我笑不出来。每次看见这么多的人，这么多的脚，我就烦躁极了。我们不应该在这里约会。

他说新鞋子不如旧鞋子舒服，俞琼意味深长地凝视着杨泊，肩膀再次朝杨泊撞了一下。这个问题你到底怎么想？

他是笨蛋。杨泊耸了耸肩膀，他说，他不懂得进化论，他无法理解新鞋子和旧鞋子的关系。这种似是而非的话不足以让我们来讨论，我们还是商定一下以后约会的地点吧，挑个僻静的公园，或者就在河滨一带，或者就在你的宿舍里也行。

不。俞琼微笑着摇了摇头，她的表情带有一半狡黠和一半真诚，我不想落入俗套。我早就宣布过，本人的恋爱不想落入俗套。否则我怎么会爱上你？

你的浪漫有时让我不知所措。杨泊看了看对面的鞋帽柜台，那个试穿白皮鞋的男人正在和营业员争辩着什么，他说，皮鞋质量太差，为什么非要我买？你们还讲不讲一点民主啊？杨泊习惯性地捂了捂耳朵，杨泊说，我真的厌恶这些无聊的人群，难道我们不能换个安静点的地方说说话吗？

离婚指南　　87

可是我喜欢人群。人群使我有安全感。俞琼从提包里取出一面小圆镜,迅速地照了照镜子,她说,我今天化妆了,你觉得我化妆好看吗?

你怎样都好看,因为你年轻。杨泊看见那个男人终于空着手离开了鞋帽柜台,不知为什么他舒了一口气。下个星期三去河滨公园吧,杨泊说,你去了就会喜欢那里的。

我知道那个地方。俞琼慢慢地拉好提包的拉链,似乎在想着什么问题。她的嘴唇浮出一层暗红的荧光,眼睛因为画过黑晕而更显妩媚。杨泊听见她突然暧昧地笑了一声,说,知道我为什么不想在公园约会吗?

你不想落入俗套,不想被人撞见,这你说过了。

那是借口。想知道真正的原因吗?俞琼将目光转向别处,她轻声说,因为你是个有妇之夫,你是个已婚男人,你已经有了个两岁多的儿子。

这就是原因?杨泊苦笑着摇了摇头,他忍不住去扳俞琼的肩膀,被她推开了。俞琼背向他僵直地坐在简易长椅上,身姿看上去很悲哀。杨泊触到了她的紫红色羊皮外套,手指上是冰凉的感觉。那是杨泊花了私藏的积蓄给她买的礼物,他不知道为什么羊皮摸上去也是冰凉的,杨泊的那只手抬起来,盲目地停留在空中。他突然感到颓丧,而且体验到某种幻灭的情绪。可是我正在办离婚,杨泊说,你知道我正在办离婚。况且从理论上说,已婚男人仍然有爱和被爱的权利,你以前不是从来不在乎我结过婚吗?

恶心。知道吗？有时候想到你白天躺在我怀里，夜里却睡在她身边，我真是恶心透了。

是暂时的。现实总是使我们跟过去藕断丝连，我们不得不花力气斩断它们，新的生活总是这样开始的。

你的理论也让我恶心。说穿了你跟那些男人一样，庸庸碌碌，软弱无能。俞琼转过脸，冷冷地扫了杨泊一眼，我现在有点厌倦，我希望你有行动，也许我们该商定一个最后的期限了，你明白我的意思吗？

问题是她把事情恶化了。前天夜里她想跳楼自杀。

那是恐吓，那不过是女人惯常的手段。俞琼不屑地笑了笑，你相信她会死？她真是要想死就不当你面死了。

我不知道。我只是不想把简单的事情搞得这么复杂。有时候面对她，我觉得我的意志在一点点地崩溃，最可怕的问题就出在这儿。

两个人沉默了一会儿，听见百货大楼打烊的电铃声清脆地响了起来。逛商店的人群从他们面前匆匆退出。俞琼先站了起来，她将手放到杨泊的头顶，轻轻地摸了摸他的头发。杨泊想抓住她的手，但她敏捷地躲开了。

春天以前离婚吧，我喜欢春天。俞琼最后说。

他们在百货大楼外面无言地分手。杨泊看见俞琼娇小而匀称的身影在黄昏的人群中跳跃，很快就消失不见了。大街上闪烁着最初的霓虹灯光，空气中隐隐飘散着汽油、塑料和烤红薯的气味。冬天的街道上依然有拥挤的人群来去匆匆。杨泊沿着商业区的人行道踽踽独行，在一个杂货摊上他替儿子挑选了一只红颜色的气球。杨泊抓着气球走了几步，手就自然地摊开了，他看见气球在自己鼻子上轻柔地碰撞了一下，然后朝高空升上去。杨泊站住了仰起脸朝天空看，他觉得他的思想随同红色气球越升越高，而他的肢体却像一堆废铜烂铁急剧地朝下坠落。他觉得自己很疲倦，这种感觉有时和疾病没有区别，它使人焦虑，更使人心里发慌。

　　杨泊坐在街边栏杆上休息的时候，有一辆半新的拉达牌汽车在他身边紧急刹车。大头的硕大的脑袋从车窗内挤出来。喂，你去哪儿？大头高声喊，我捎你一段路，上车吧。杨泊看见大头的身后坐着个浓妆艳抹的女人，杨泊摇了摇头。没关系，是我自己的车，大头又说，你客气什么？还要我下车请你吗？杨泊皱着眉头朝他摆了摆手，说，我哪儿也不去。真滑稽，我为什么非要坐你的车？大头缩回车内，杨泊清晰地听见他对那个女人说，他是个超级傻×，闹离婚闹出病来了。杨泊想回敬几句，话到嘴边又咽回去了。想想大头虽然无知浅薄，但他毕竟借了两万元给自己。

　　黄昏六点钟，街上的每个人都在往家走。杨泊想他也该回家了。接下来的夜晚他仍将面对朱芸，唇枪舌剑和哭哭笑笑，悲壮的以死相胁和无休无止的咒骂，虽然他内心对此充满恐惧，他不得不在天黑前赶回家去，迎接这场可怕的冗长的战役。杨泊就这样看见了家里的窗户，越走越慢，走进旧式工房狭窄的门洞，楼上楼下的电视机正在播放国际新闻，他就站在杂乱的楼梯拐角听了一会儿，关于海湾战争局势，关于苏联的罢工和孟加拉国的水灾。杨泊想整个世界和人类都处于动荡和危机之中，何况他个人呢！杨泊在黑暗中微笑着思考了几秒钟，然后以一种无畏的步态跨上了最后一阶楼梯。

一个女邻居挥着锅铲朝杨泊奔来，你怎么到现在才回家？女邻居边跑边说，朱芸服了一瓶安眠药，被拉到医院去了，你还不赶快去医院？你怎么还迈着四方步呢？

杨泊站在走廊上，很麻木地看着女邻居手里的锅铲。他说，服了一瓶？没这么多，我昨天数过的，瓶子里只有九颗安眠药。

你不像话！女邻居的脸因愤怒而涨红了，她用锅铲在杨泊的肩上敲了一记，朱芸在医院里抢救，你却在计较瓶子里有多少安眠药，你还算人吗？你说你还算人吗？

可是为什么要送医院？我昨天问过医生，九颗安眠药至多昏睡两天。杨泊争辩着一边退到楼梯口，他看见走廊上已经站满了邻居，他们谴责的目光几乎如出一辙。杨泊蒙住脸呻吟了一声。那我就去吧。杨泊说着连滚带爬地跌下了楼梯。在门洞里他意外地发现那只褐色的小玻璃瓶，他记得就在昨天早晨看见过这只瓶子，它就放在闹钟边上，里面装有九颗安眠药。他猜到了朱芸的用意。他记得很清楚，有个富有经验的医生告诉他，九颗安眠药不会置人于死地，只会令服用者昏睡两天。

在市立医院的观察室门口，杨泊被朱芸的父母和兄弟拦住了，他们怒气冲冲，不让他靠近病床上的朱芸。朱芸的母亲抹着眼泪说，你来干什么？都是你害的她，要不是我下午来接孩子，她就没命了。杨泊在朱家众人的包围下慢慢蹲了下来，他深深地叹了口气，事情已经偏离了正常的轨道。杨泊竖起食指在地上画着什么，他诚挚地说，我没有办法制止她的行为。朱芸的哥哥在后面骂起来，你以为你是个什么东西？想跟她结婚就结婚，想跟她离婚就离婚？杨泊回过头看了看他，杨泊的嘴唇动了动，最后什么也没说。

有个女护士从观察室里走出来，她对门口的一堆人说，你们怎么甩下病人在这里吵架？十七床准备灌肠了。杨泊就是这时候跳了起来，杨泊大声说，别灌肠，她只服了九颗安眠药。周围的人先是惊愕地瞪大了眼睛，紧接着响起一片粗鄙的咒骂声。杨泊被朱芸的兄弟们推搡着走。别推我，我发誓只有九颗，我昨天数过的。杨泊跌跌撞撞地边走边说，很快他就被愤怒的朱氏兄弟悬空架了起来。他听见有个声音在喊，把他扔到厕所里，揍死这个王八蛋。杨泊想挣脱却没有一丝力气，他觉得自己像一只垂死的羚羊陷入了暴力的刀剑之下。我没有错，你们的暴力不能解决问题。杨泊含糊地嘟哝着，任凭他们将他的头摁在厕所的蹲坑里，有人拉了抽水马桶的拉线，五十立升冰凉的贮水混同蹲坑里的粪被一起冲上了杨泊的头顶。杨泊一动不动，杨泊的血在顷刻间凝结成冰凌，它们在体内凶猛地碰撞，发出清脆的断裂的声音。摁紧他的头，让他清醒清醒。又有人在喊。杨泊依稀记得抽水马桶响了五次，这意味着二百五十升冷水冲灌了他的头部。后来杨泊站起来，一口一口地吐出嘴里的污水，他用围巾擦去脸上的水珠，对那些污辱他的人说，没什么，这也是一种苦难的洗礼。

这个冬天，杨泊几乎断绝了与亲朋好友的来往。唯一的一次是他上门找过老靳。老靳是杨泊上夜大学时的哲学教师，他能够成段背诵黑格尔、叔本华和海德格尔的著作。他是杨泊最崇拜的人。杨泊去找老靳，看见他家的木板房门上贴了张纸条，老靳已死，谢绝探讨哲学问题。杨泊知道他在开玩笑。杨泊敲了很长时间的门，跑来开门的是老靳的妻子。她说，老靳不在，他在街口卖西瓜。杨泊半信半疑，老靳卖西瓜？老靳怎么会卖西瓜？老靳的妻子脸色明显有些厌烦，她把门关上一点，露出半张脸对杨泊说，我在做自发功，你把我的气破坏掉了。

杨泊走到街口果然看见了老靳的西瓜摊，老靳很孤独地守卫着几十只绿皮西瓜，膝盖上放着一只铝质秤盘。杨泊觉得有点尴尬，他走到老靳身边拍了拍他的肩膀，恭喜发财了，老靳。

狗屁，老靳搬了个小马扎给杨泊，老靳的表情倒是十分坦荡。他说，守了三天西瓜摊，只卖了三只半西瓜。

大冬天的，上哪儿搞来的西瓜？杨泊说。

从黑格尔那里。有一天老黑对我说，把我扔到垃圾堆里去吧，你有时间读我的书，不如上街去捞点外快。老靳说着突然哈哈大笑起来，他摘下眼镜在杨泊的衣服上擦了擦，老黑还对我说，生存比思想更加重要，你从我这里能得到的，在现实中全部化为乌有。思想是什么？是狗屁，是粪便，是一块被啃得残缺不全的西瓜皮。

我不觉得你幽默，你让我感到伤心。杨泊朝一只西瓜踢了一脚，他说，想不到你这么轻易地背弃了思想和信仰。

别踢我的西瓜。老靳厉声叫起来，他不满地瞟了杨泊一眼。老靳说，别再跟我探讨哲学问题，假如你一定要谈，就掏钱买一只西瓜，卖给你可以便宜一点。说真的，你买一只西瓜回家给儿子吃吧，冬天不容易吃到西瓜。

那你替我挑一只吧。杨泊说。

这才够朋友。老靳笨拙地打秤称西瓜的分量，嘴里念念有词，十块三毛钱，零头免了，你给十块钱吧。老靳把西瓜抱到杨泊的脚边，抬头看看杨泊失魂落魄的眼睛，他发现杨泊在这个冬天憔悴得可怕。听说你也在闹离婚？老靳说，你妻子已经服过安眠药了吧？

你怎么知道的？杨泊疑惑地问。

我有经验，我已经离过两次婚了。老靳沉吟着说，这是一场殊死搏斗，弄不好会两败俱伤。你知道吗？我的一只睾丸曾被前妻捏伤过，每逢阴天还隐隐作痛。

我觉得我快支撑不住了，我累极了。我觉得我的脑髓心脏还有皮肤都在淌血。杨泊咬着嘴唇，他的手在空中茫然地抓了一把，说实在的我有点害怕，万一真的出了人命，我不知道下面该怎么办。

要动脑子想。老靳狡黠地笑了笑说，我前妻那阵子差点要疯了，我心里也很害怕。你知道我后来用了什么对策？我先发疯，在她真的快疯之前我先装疯，我每天在家里大喊大叫，又哭又笑的，我还穿了她的裙子跑到街上去拦汽车。我先发疯她就不会疯了，她一天比一天冷静，最后离婚手续就办妥啦。

可是我做不出来。我有我的目标和步骤。杨泊从大衣口袋里掏出仅有的十块钱，放进老靳的空无一文的钱箱里。杨泊说，我做了所有的努力，然后眼睁睁地看着它们成为泡影，事情一步步地走向反面，你不知道我心里是什么滋味。我每天在两个女人的阴影下东奔西走，费尽了口舌和精力，我的身上压着千钧之力，有时候连呼吸都很困难。

问题看来还是出在你自己身上，你真该看看我写的一本书，你猜书名叫什么？叫《离婚指南》。本来今年夏天就该出书的，不知出版社为什么拖到现在还没出来。

什么书？你说你写了一本什么书？

《离婚指南》。老靳颇为自得地重复了一遍，是指导人们怎样离婚的经典著作，我传授了我的切身体验和方式方法，我敢打赌，谁只要认真读上一遍，离婚成功率起码达到百分之九十以上。

你总算对人类做了一点贡献。杨泊闷闷不乐的脸上终于露出了笑容，杨泊这次笑得很厉害。他不停地捶着老靳说，我要看，我想看，等书出来后一定送我一本。

那当然，对所有离婚的人都八折优惠。

离婚指南　95

杨泊帮着老靳做了两笔生意就走了,他把那只海南西瓜夹在自行车的后架上,骑了没多远听见背后响起嘭的一声,回头一看是西瓜掉了,西瓜在街道上碎成两爿,瓜瓤是淡粉色的。这个王八蛋。杨泊骂了一句,他没有下车去捡。杨泊回忆着老靳说的话,你先发疯她就不会疯了。这话似乎有点道理。问题在于他厌恶所有形式的阴谋,即使是老靳式的装疯卖傻。我很正常,杨泊骑在车上自己笑起来,万一装疯以后不能恢复正常呢,万一真的变疯了怎么办呢?

公司扣去了杨泊的奖金,理由是杨泊已经多次无缘无故地迟到早退。杨泊在财务科无话可说,出了门却忍不住骂了一句粗话。女会计在里面尖声抗议,你骂谁?有本事骂经理去,是他让我们扣的。杨泊说,没骂你,我骂我自己没出息,扣了几个臭钱心里就不高兴。

杨泊在办公室门口被一个陌生的女人拦住。你叫杨泊吧?女人说着递来一张香喷喷的粉红色名片,我是晚报社会新闻版的记者,特意来采访你。

为什么采访我?杨泊很诧异地望着女记者,他说,我又不是先进人物,我也没做过什么好人好事,你大概搞错了。

听说你在离婚。女记者反客为主,拉杨泊在旁边的沙发上坐下。她掏出笔和本子,朝杨泊妩媚地笑了笑,我在写一篇专题采访,《离婚面面观》,你是第九十九个采访对象了。

莫名其妙。杨泊下意识地绷紧了身子,他朝各个办公室的门洞张望了一番。这是我的个人私事，不是社会新闻，杨泊说，我没什么可说的，我也不想说。

你不觉得社会新闻是从个人私事中衍生的吗？女记者用一种睿智而自信的目光注视着杨泊，谈谈你的想法好吗，不会占用你太多时间。

我心情不好，我刚刚被扣了年终奖。杨泊踢了踢脚边的一只废纸篓，他说，《因离婚被扣奖金，当事人无话可说》，我看这倒是一篇社会新闻的题目。

谈谈好吗？谈谈离婚的原因，是第三者插足还是夫妻感情不和？假如是性生活方面不协调，也可以谈，没有关系的。女记者豪爽地笑着鼓励杨泊，请你畅所欲言好吗？

没有什么原因，唯一的原因就是我想离婚。

太笼统了，能不能具体一点？

我烦她，我厌恶她，我鄙视她，我害怕她，我还恨她。杨泊的声音突然不加控制地升得很高，他跺了跺脚说，这么说你懂了吧。所以我要离婚。离婚。

很好。女记者在本子上飞快地写下一些字，然后她抬起头赞赏地说，你的回答虽然简单，但是与众不同。

杨泊已经站了起来。杨泊一脚踢翻了走廊上的废纸篓，又追上去再踢一脚。狗屁。杨泊突然转过身对女记者喊叫，什么离婚面面观，什么离婚指南，全是自作聪明的狗屁文章，你们根本不懂什么是离婚。离婚就是死，离婚就是生。你们懂吗？

这次一厢情愿的采访，激起了杨泊悲愤的情绪。杨泊沉浸

离婚指南　　97

其中，在起草公司年度总结的文章中，他自作主张地抨击了公司职员们的种种品格缺陷。他认为职员们自甘平庸的死气沉沉的生活，却喜欢窥测别人的隐私，甚至扰乱别人的生活秩序。杨泊伏在办公桌上奋笔疾书，抨击的对象扩展到公司以外的整个国民心态。他发现这份总结已经离题千里，但他抑制不住喷泉般的思想，他想一吐为快。最后他巧妙地运用了一个比方，使文章的结尾言归正传。杨泊的总结结尾写道：一个企事业单位就像一个家庭，假如它已濒临崩溃的边缘，最好是早日解体以待重新组建，死亡过后就是新生！

　　杨泊把总结报告交到经理手中，心中有一种满足而轻松的感觉。这样的心情一直保持到下午五点钟。五点钟，杨泊走出公司的大楼，传达室的收发员交给他一张明信片。明信片没有落款，一看笔迹无疑是俞琼的。今天是元月五号，算一算离立春还有多少天？杨泊读了两遍，突然想到上次俞琼给他规定的离婚期限，他的脸色立刻阴沉下来。收发员观察着杨泊的反应，指着明信片说，那句话是什么意思？杨泊好像猛地被惊醒，他对收发员怒目而视，什么什么意思？你偷看我的私人信件，我可以上法院告你渎职。杨泊说着将明信片撕成两半，再撕成四份，一把扔到收发员的脸上，什么意思你慢慢琢磨去吧。杨泊愠怒地走出公司的大铁门，走了几步又折身回到传达室的窗前。他看了看处于尴尬中的收发员，声音有点发颤，对不起，杨泊说，我最近脾气很坏，我不知这是怎么了，总是想骂人，总是很激动。收发员接受了杨泊真诚的道歉。收发员一边整理着桌上的信件一边说，没什么，我知道你心情不好，我知道离婚是件麻烦事。

连续五天，杨泊都收到了俞琼寄来的明信片。内容都是一样的，只是日期在一天天地变更。到了第六天杨泊终于忍不住跑到了俞琼的集体宿舍里。恰巧只有俞琼一个人，但她顶着门不让杨泊进去。

我现在不想见你。俞琼从门缝里伸出一只手，推着杨泊的身体，我说过我们要到春天再见，那些明信片你收到了吗？

你寄来的不是明信片，简直是地狱的请柬。

那是我的艺术。我喜欢别出心裁。你是不是害怕啦？

请你别再寄了。杨泊拼命想从门缝里挤进去，他的肩膀现在正好紧紧地卡在门缝中。杨泊说，别再寄了，你有时候跟朱芸一样令我恐惧。

我要寄。我要一直寄到春天，寄到你离婚为止。俞琼死死地顶着门，而且熟练地踩住杨泊的一只脚，阻止他的闯入。俞琼脸上的表情既像是撒娇，更像是一种示威。

让我进来，我们需要好好谈一谈。杨泊已经累得气喘吁吁，他想去抓俞琼的手，结果被俞琼用扫帚打了一记。杨泊只好缩回手继续撑住门。你不觉得你太残忍吗？杨泊说，你选择了错误的方式，过于性急只能导致失败。她昨天差点自缢而死，她也许真的想用死亡来报复，那不是我的目的，所以请你别再催我，请你给我一点时间吧。

我给了你一年时间，难道还不够？

离婚指南　99

可是你知道目前的情况,假如她真的死了,你我都会良心不安。我们谁也不想担当凶手的罪名。一年时间不够,为什么不能是两年、三年呢?

我没这份耐心。俞琼突然尖声喊叫起来,然后她顺势撞上了摇晃的门,将杨泊关在门外。杨泊听见她在里面摔碎了什么东西。恶心,她的喊叫声仍然清晰地传到杨泊的耳中,我讨厌你的伪君子腔调,我讨厌你的虚伪的良心,你现在害怕了,你现在不想离婚了?不想离婚你就滚吧,滚回她身边去,永远别来找我。

你在说些什么?你完全误解了我说的话。杨泊颓丧万分地坐到地上,一只手依然固执地敲着身后的门,康德、尼采、马克思,你们帮帮我,帮我把话讲清楚吧。

恶心。俞琼又在宿舍里喊叫起来,你现在让我恶心透了。我怎么会爱上了你?我真是瞎了眼啦!

冬天以来杨泊的性生活一直很不正常。有一天夜里,他突然感到一阵难耐的冲动,杨泊在黑暗中辗转反侧,心里充满了对自己肉体的蔑视和怨恚。借越窗而入的一缕月光,能看见铁床另一侧的朱芸。朱芸头发蓬乱,胳膊紧紧地搂着中间的孩子,即使在睡梦中她也保持了阴郁的神经质的表情。杨泊常常叹着气,听闹钟嘀嗒嘀嗒送走午夜时光。杨泊思想斗争了很久,最后还是决定像青春期常干的那样,来一次必要的自渎。

杨泊没有发现朱芸已经悄悄地坐了起来,朱芸大概已经在旁边观看了好久，她突然掀掉了杨泊的被子，把杨泊吓了一跳。

你在干什么？

没干什么？杨泊抢回被子盖住，他说，你睡你的觉，这不关你的事。

没想到你这么下流，你不觉得害臊吗？

我不害臊，因为这符合我的道德标准。杨泊的手仍然在被子下面摸索着，我还没完，你要是想看就看吧，我一点也不害臊。

朱芸在黑暗中发愣，过了一会她突然捂住脸失声痛哭起来。朱芸一边哭一边重重地倒在床上，杨泊听见她在用最恶毒的话诅咒自己，睡在两人之间的孩子被惊醒了，孩子也扯着嗓子大哭起来。杨泊的情欲一下子消失得无影无踪，剩下的事就是制止母子俩的哭声了。杨泊首先安慰朱芸，别哭了，我不是存心气你。这是一种生理上的需要，杨泊说，我真的不是存心气你，请你别误会。

下流。朱芸啜泣着说。

我不会碰你。假如我碰了你，那才是下流，你明白吗？

下流？朱芸啜泣着说。

你非要说我下流我也没办法。杨泊无可奈何地摇了摇头。我现在想睡了。杨泊最后说，我没有错，至多是妨碍了你的睡眠。也许我该睡到别处去了，我该想想办法，实在找不到住处，火车站的候车室也可以对付。

你休想。朱芸突然叫喊起来，你想就这样逃走？你想把孩子撂给我一个人？你要走也可以，把你儿子一起带走。

杨泊不再说话。杨泊摊开双掌蒙住眼睛，在朱芸的絮叨声中力求进入睡眠状态。除此之外，他还听见窗外悬挂的那块腌肉在风中撞击玻璃的声音，远处隐隐传来夜行火车的汽笛声。每个深夜都如此漫长难捱，现在杨泊对外界的恐惧也包括黑夜来临，黑夜来临你必须睡觉，可是杨泊几乎每夜都会失眠。失眠以后他的眼球就会疼痛难忍。

临近农历春节的时候，南方的江淮流域降下一场大雪。城市的街道和房屋覆盖了一层白皑皑的雪被。老式工房里的孩子们早晨都跑到街上去堆雪人，窗外是一片快乐而稚气的喧闹声。杨泊抱着孩子看了一会儿外面的雪景，忽然想起不久前的北京之行，想起那个雪夜在天安门广场制定的四条离婚规划，如今竟然无一落实。杨泊禁不住嗟叹起来，他深刻地领悟了那条常被人们挂在嘴边的哲学定律：事物的客观存在是不以人的意志为转移的。

杨泊把儿子送进了幼儿园。他推着自行车走到秋千架旁边时，吃了一惊，他看见俞琼坐在秋千架上，她围着一条红羊毛围巾，戴了口罩，只露出那双深陷的乌黑的眼睛，直直地盯住杨泊看。她的头上肩上落了一层薄薄的雪花。

你怎么跑到这儿来了？杨泊迎了上去，他小心翼翼地打量着俞琼，你跑到这儿来等我？发生什么事了？

我让你看看这个。俞琼突然拉掉了脸上的口罩，俞琼的脸上布满了纵横交错的抓痕,它们是暗红色的,有两道伤痕切口很深,像是被什么利器划破的。你好好看看我的脸,俞琼的嘴唇哆嗦着,她美丽的容貌现在显得不伦不类,俞琼的声音听上去沙哑而凄凉,她说,你还装糊涂?你还问我发生什么事了?

是她干的?杨泊抓住秋千绳,痛苦地低下了头,她怎么会找到你的?她从来没见过你。

正要问你呢。俞琼厉声说着从秋千架上跳下来。她一边掸着衣服上的雪片,一边审视着杨泊,是你搞的鬼,杨泊,是你唆使她来的,你想以此表明你的悔改之意。杨泊,我没猜错吧。

你疯了。我对这件事一无所知,我没想到她会把仇恨转移到你身上。她也疯了,我们大家都丧失了理智。

我不想再听你的废话。我来是为了交给你这个发夹。俞琼从口袋里掏出一只黑色的镶有银箔的发夹,她抓住杨泊的手,将发夹塞在他手里,拿住它,你就用这个证明你的清白。

什么意思?杨泊看了看手里的发夹,他说,这是什么意思?为什么要给我发夹?

她就用它在我脸上乱抓乱划的,我数过了,一共有九道伤。俞琼的目光冰冷而专制地逼视着杨泊。过了一会儿她说,我现在要你去划她的脸,就用这只发夹,就要九道伤,少一道也不行。我晚上会去你家做客,我会去检查她的脸,看看你是不是真的清白。

你真的疯了。你们真的都疯了。我还没疯你们却先疯了。

杨泊跺着脚突然大吼起来。他看见幼儿园的窗玻璃后面重叠了好多孩子的脸,其中包括他的儿子,他们好奇地朝这边张望着。有个保育员站在滑梯边对他喊,你们怎么跑到幼儿园来吵架?你们快回家吵去吧。杨泊意识到自己的失态,他骑上车像逃一样冲出了幼儿园的栅栏门。他听见俞琼跟在他身后边跑边叫,别忘了我说的话,我说到做到,晚上我要去你家。

杨泊记不清枯坐办公室的这一天是怎么过去的。他记得同事们在他周围谈论今冬的这场大雪,谈论天气、农情和中央高层的内幕。而他的手插在大衣口袋里,紧紧地握紧那只黑色的镶有银箔的发夹。他下意识试了试发夹两端的锋刃,无疑这是一种极其女性化的凶器。杨泊根本不想使用它。杨泊觉得俞琼颐指气使的态度是愚蠢而可笑的,她没有权利命令他干他不想干的事情。但是他不知道该怎样处理晚上将会出现的可怕场面。想到俞琼那张伤痕累累的脸,想到她在秋千架下的邪恶而凶残的目光,杨泊有点心灰意懒。他痛感到以前对俞琼的了解是片面的,也许他们的恋情本质上是一场误会。

这天杨泊是最后离开公司的人。雪后的城市到处泛着一层炫目的白光,天色在晚暮中似明似暗,街上的积雪经过人们一天的踩踏化为一片污水。有人在工人文化宫的门楼下跑来跑去,抢拍最后的雪景。笑一笑,笑得甜一点。一个手持相机的男孩对他的女友喊。杨泊刹住自行车,停下来朝他们看了一会儿。傻×,有什么可笑的?杨泊突然粗鲁地嘀咕了一句。杨泊为自己感到吃惊,他有什么理由辱骂两个无辜的路人?我也疯了,我被他们气疯了。杨泊这样为自己开脱着,重新骑上车。回家的路途不算太远,但杨泊骑了很长时间,最后他用双腿撑着自行车,停在家门前的人行道上。他看见那幢七十年代建造的老式工房被雪水洗涤一新,墙上显出了依稀的红漆标语。他看见三层左侧的窗口已经亮出了灯光,朱芸的身影在窗帘后面迟缓地晃动着,杨泊的心急遽地往下沉了沉。

你在望什么?一个邻居走过杨泊身边,他疑惑地说,你怎么在这儿傻站着?怎么不回家?

不着急。天还没黑透呢。杨泊看了看手表说。

朱芸做了好多菜,等你回家吃饭呢。

我一点不饿。杨泊突然想起什么,喊住了匆匆走过的邻居,麻烦你给朱芸带个口信,我今天不回家,我又要到北京去出差了。

是急事?邻居边走边说,看来你们公司很器重你呀。

是急事。我没有办法。杨泊望着三层的那个窗口笑了笑,然后他骑上车飞快地经过了老式工房。在车上他又从大衣口袋里掏出那只黑发夹看了看,然后一扬手将它扔到了路边。去你妈的,杨泊对着路边的雪地说,我要杀人也绝对不用这种东西。

杨泊不知道该去哪儿消磨剩余的时间,自行车的行驶方向因此不停地变化着,引来路人的多次抗议和嘲骂声。后来杨泊下了车,他看见一家公共浴室仍然在营业,杨泊想在如此凄冷的境遇下洗个热水澡不失为好办法。他在柜台上买了一张淋浴票走进浴室。浴室的一天好像已接近尾声,人们都在手忙脚乱地穿衣服。服务员接过杨泊的淋浴票,满脸不高兴的样子,怎么还来洗澡?马上都打烊停水啦。杨泊扮着笑脸解释说,我忙了一天,现在才有空。服务员说,那你快点洗,过了七点半钟我就关热水了。

淋浴间里空空荡荡的,这使杨泊感到放心。杨泊看见成群的一丝不挂的肉体会感到别扭,也最害怕自己的私处暴露在众目睽睽之下。这样最好,谁也别看谁。杨泊自言自语着逐个打开了八个淋浴龙头,八条温热的水流倾泻而出,杨泊从一个龙头跑到另一个龙头,尽情享受这种冬夜罕见的温暖。杨泊对自己的快乐感到茫然不解。你怎么啦?你现在真的像个傻×。杨泊扬起手掌掴了自己一记耳光。在蒸汽和飞溅的水花中他看见朱芸和俞琼的脸交替闪现,两个女人的眼睛充满了相似的愤怒。别再来缠我,你们也都是傻×。杨泊挥动浴巾朝虚空中抽打了一下。让我快乐一点。为什么不让我快乐一点?杨泊后来高声哼唱起来,这是庄严动听的《结婚进行曲》的旋律。杨泊不仅哼唱,而且用流畅的口哨声为自己伴奏起来。很快他被一种莫名的情绪感动得热泪盈眶,他哭了,所幸没有人会发现他的眼泪。

不准唱,你再唱我就关热水啦。浴室的服务员在外面警告杨泊说,我们要打烊,你却在里面磨磨蹭蹭鬼喊鬼叫。

我不唱了,可是你别关热水。让我再洗一会吧,你不知道外面有多冷。杨泊的声音在哗哗的水声中听上去很衰弱。烦躁的浴室服务员对此充耳不闻,他果断地关掉了热水龙头,几乎是在同时,他听见浴室里响起杨泊一声凄厉的惨叫。

杨泊离开浴室时,街道上已经非常冷清,对于一个寒冷的雪夜来说这是正常的。但杨泊对此有点耿耿于怀,那么多的人群,在他需要的时候都消失不见了。杨泊一个人在街上踽踽独行,他的自行车在浴室门口被人放了气阀,现在它成为一个讨厌的累赘。杨泊走到一个十字路口,分析了他所在的地理位置和下面该采取的措施。他想他只有去附近的大头家了,大头的居住条件优裕,他想他只有先在大头那里借宿一夜了。

敲了很长时间的门,里面才有了一点动静。有个穿睡衣的女人出来,隔着防盗门狐疑地审视着杨泊。杨泊发现女人的乳房有一半露在睡衣外面,他下意识地扭过了脸。

我找大头,我是他的朋友。杨泊说。

这么晚找他干什么。

我想在这儿过夜。

过夜?女人细细的眉毛扬了起来,她的嘴角浮出一丝调侃的微笑,你怎么来过夜?大头从来不搞同性恋。

杨泊看见那扇乳白色的门砰然撞上,他还听见那个女人格格的笑声,然后过道里的灯光就自然地熄掉了。他妈的,又是一个疯女人。杨泊在黑暗中骂了一声,他想他来找大头果然是自讨没趣。杨泊沮丧地回到大街上,摸摸大衣口袋,钱少得可怜,工作证也不在,找旅社过夜显然是不可能的。也许只有回家去?杨泊站在雪地里长时间地思考,最后毅然否定了这个方

离婚指南　　107

案。我不回家，我已经到北京去出差了。我不想看见朱芸和俞琼之中的任何一个人。杨泊想，今天我已经丧失了回家的权利，这一切真是莫名其妙。

午夜时分，杨泊经过了城市西区的建筑工地。他看见许多大口径的水泥圆管杂乱地堆列在脚手架下。杨泊突然灵机一动，他想他与其在冷夜中盲目游逛，不如钻到水泥圆管中睡上一觉。杨泊扔下自行车钻了进去，在狭小而局促的水泥圆管中，他设计了一个最科学的睡姿，然后他弓着膝盖躺了下来。风从断口处灌进水泥圆管，杨泊的脸上有一种尖锐的刺痛感。外面的世界寂然无声，昨夜的大雪在凝成冰碴或者悄悄融化，杨泊以为这又是寒冷而难眠的一夜，奇怪的是他后来竟睡着了。他依稀听见呼啸的风声，依稀看见一只黑色的镶有银箔的发夹，它被某双白嫩纤细的手操纵着，忽深忽浅地切割他的脸部和他的每一寸皮肤。这样的切割一直持续到他被人惊醒为止。

两个巡夜警察各自拉住杨泊的一只脚，极其粗暴地把他拽出水泥圆管。怪不得工地上老是少东西，总算逮到你了。年轻的警察用手电筒照着杨泊的脸。杨泊捂住了眼睛，他的嘴唇已经冻得发紫，它们茫然张大着，吐出一声痛苦的呻吟，别来缠我，杨泊说，让我睡个好觉。

你哪儿的？来工地偷了几次了？年轻的警察仍然用手电照着杨泊的脸。

我疼。别用手电照我。杨泊说。我的眼睛受不了强光。

你哪儿疼？你他妈的少给我装蒜。

我脸上疼，手脚都很疼，我的胸口也很疼。

谁打你了？

没有谁打我。是一只发夹。杨泊的神情很恍惚，他扶着警察的腿从泥地上慢慢站起来，他说，是一只发夹，它一直在划我的脸。我真的很疼，请你别用手电照我的脸。

是个疯子？年轻警察收起了手电筒，看着另一个警察说，他好像不是小偷，说话颠三倒四的，眼神也不对劲。

把他送到收容所去吧。另一个警察说，他好像真有病。

不用了。我只是偶尔没地方睡觉。杨泊捂着脸朝他的自行车走过去，脚步依然摇摇晃晃的。他用大衣衣袖擦去座垫上的水汽，回过头对两个警察说，我不是疯子，我叫杨泊，我正在离婚。可是我已经没有力气去离婚了。

杨泊最后自然是没有离婚。春季匆匆来临，冬天的事情就成为过眼烟云。有一天，杨泊抱着儿子去书店选购新出版的哲学书籍，隔着玻璃橱窗看见了俞琼。俞琼早早地穿上一套苏格兰呢裙，和一位年轻男人手挽手地走过。杨泊朝他们注视良久，心里充满了老人式的苍凉之感。

书店的新书总是层出不穷的，杨泊竟然在新书柜台上发现了老靳的著作《离婚指南》，黑色的书名异常醒目。有几个男人围在柜台前浏览那本书。杨泊也向营业员要了一本，他把儿子放到地上，打开书快速地看了起来。杨泊脸上惊喜的笑容渐渐凝固，渐渐转变为咬牙切齿的愤怒，最后他把书重重地摔在柜台上。

胡说八道。杨泊对周围的人说，千万别买这本书，千万别上当。没有人能指导离婚，他说的全是狗屁。

你怎么知道他说的全是狗屁呢？

我当然知道。杨泊说，请相信我，这本书真的是狗屁。

狗屁。杨泊的儿子快乐地重复杨泊的话。杨泊的儿子穿着天蓝色的水兵服，怀里抱着一把粉红色的塑料手枪。

（1991年）

已婚男人

到了秋天，杨泊的身上仍然穿着夏天的衣服，一件浅蓝色的衬衫，一条式样已经过时的直筒牛仔裤，杨泊的脚上仍然穿着黑色皮凉鞋，有时候在风中看见杨泊裸露的苍白的脚趾，你会想起某种生活的状态和意义。

杨泊是一个已婚男人。

杨泊是一个有了孩子的已婚男人。

杨泊的家在某条商业街上的新式公寓里，去商业街购物或者闲逛的朋友们经常去敲他家的门。杨泊家的门框上装有电铃按钮，但它已经坏了。门口有一块草垫子，是供人擦鞋用的。草垫子边上有一只红色塑料桶，里面堆满了形形色色的垃圾。我敲门，或者别人敲门，冯敏会抱着孩子风风火火地跑来开门。冯敏的长发胡乱地用一条手绢绾住，她的头发上散发出海鸥牌洗发膏的气味。冯敏把怀里的孩子调整好位置，说，你好。她的神情有时候慵倦，有时候欣喜，别人是无法事先预料的。冯敏说，这孩子把我累得半死不活，成天要抱在手上。劳驾你给我去洗洗菜吧,我一早就把菜泡在水池里了,就是没空洗。杨泊他一早就去公司了。这些都是前两年对杨泊家的印象了。那时候,杨泊正忙于筹备他的经济信息公司,杨泊总是不在家,去找杨泊实际上就是去找他的妻子冯敏和他的大头婴儿。杨泊的朋友们注意到婴儿的脑袋和硬朗的头发,这一点酷似杨泊。

杨泊现在蜗居在家,现在是一九八九年了,世界发生了一些质的变化,渐渐趋向于肥胖臃肿,而杨泊却变得瘦弱不堪。有一天他花了一毛钱站到街头的健康游艺秤上测定一下健康状况,只接到一张小卡片。卡片上标明身高一米七十三,体重六十公斤。杨泊觉得卡片内容过于简单,他问收钱的女人,就这些?女人说,就这些,你还想知道哪些?有病要去医院检查。杨泊笑了笑,又定神看了看小卡片,他还是很吃惊。他记得自己的体重一直是七十公斤,身高是一米七十五。体重减轻情有可原,身高怎么也会缩掉两厘米呢?杨泊把小卡片摔在地上,回头说,你的游艺秤一点也不准确。那个女人轻蔑地说,你要是不相信科学测定,可以去屠宰厂的磅秤上秤一下试试。

杨泊的公司到了秋天已经不复存在了。秋天的时候,他经常走过公园路上公司的旧址,那是一栋黄色小木屋。他的公司散架的第三天,就有一家誊印社搬了进去。杨泊站在街对面看了一会儿,突然发现他的办公室窗台上的那盆吊兰。那是他遗忘了的唯一一件私物,杨泊就跑过去拨开搬家的人群,他抱住那盆吊兰往外走。有人拽住他的胳膊说,你怎么回事?杨泊说，这是我的。他用双肘把那人撞了个趔趄，杨泊说，滚开，这是我的东西。后来杨泊抱着那盆垂死的吊兰回家。他在繁华拥挤的大街上疾走。远远地你能从人群中认出杨泊来，一个特点是他的衣着总是跟不上季节的转换，另一个特点是他的硕大的头颅，它在街道人群中飘浮而过，显得沉重而又孤独。

杨泊的朋友王拓碰巧目睹了杨泊家遭劫的一幕。王拓是为了女孩的事去向杨泊求救的，后来每逢谈到此事，王拓就很窘迫。

王拓上杨泊家楼梯时，听见上面一阵杂沓的脚步声，下来一大群人，他们在往楼下搬东西。王拓看见杨泊也在里面，正和另外三个人搬一台冰箱。杨泊朝王拓笑了笑说，你来了。王拓说，谁搬家？杨泊说，我。王拓说，怎么不通知我，搬哪里去？杨泊说，随便。王拓当时没意识到什么，他帮着把冰箱搬到楼下，又搬到卡车上。这时候杨泊拍了拍手，把那群人一一介绍给王拓，王拓跟他们握完手，听见杨泊说，好了，你们开车走吧。

王拓跟着杨泊又走上楼梯，杨泊走在前面，他的步态很疲乏，身子有点摇摇晃晃的。杨泊突然说，王拓，这下没有冰啤酒招待你了，冰箱让他们抬走了，电视机也让他们抬走了。王拓说，怎么回事？他们是什么人？杨泊说，我借了他们的钱，没法还清，他们来搬东西，公平交易。杨泊转过脸来，他的表情很平静，拉了拉王拓，来呀，我还有两瓶啤酒，刚从冰箱里拿出来的，凉着呢。王拓说，这帮狗日东西趁火打劫，你还帮他们抬？杨泊说，这有什么关系？他们人少。王拓又说，你还正儿八经地给我介绍这人那人的，怎么还有这份心思？杨泊说，这有什么关系？大家见了面总要介绍一下的，就算认识了。

走进杨泊家，王拓一眼看见冯敏握着把扫帚站在屋子中央，孩子在卧室里大声啼哭，冯敏的脸色苍白，眼圈是红的，她显然是刚刚哭过。王拓有点不知所措，他不知道冯敏握着扫帚想干什么。杨泊始终没有朝冯敏看一眼，杨泊把王拓推到沙发上坐下，说，没什么，我们喝点啤酒，啤酒这会儿肯定还凉着呢。杨泊拿来两个杯子斟满，自己先喝了半杯。他舔了舔嘴唇，说，果然还凉着，挺过瘾的。这时候孩子又哭起来了，王拓看了看冯敏，冯敏仍然握着扫帚站在那里。王拓说，今天就别喝了吧。杨泊说，为什么不喝？一会儿啤酒就不凉了。这时候冯敏僵立的身体动了一下，紧接着她把扫帚从门外扔进来，撞到杨泊的腿上。冯敏没有说话，她的眼睛里是一种到达极限的愤怒和怨恨。她张大了嘴，双唇颤动，似乎想哭又想喊叫。杨泊捡起扫帚，耸了耸肩说，女人就是这样，她们不能经受任何打击，她们像纸一样脆弱而浅薄。杨泊把扫帚扔到门外，顺手撞上了门。他对王拓说，我们谈我们的，你用不着受别人的情绪支配，有什么事尽管说吧。

你能不能去找任佳谈谈？王拓说。

任佳是谁？杨泊说，是你的女朋友？

已婚男人　115

她怀上孩子了,可她坚决不肯堕胎。她说宁肯不要我,也要这个孩子。我怎么也说服不了她。王拓说。

这种事情我怎么谈,应该你自己说服她。杨泊说。

她相信你,崇拜你,你的话她会听的。王拓说。

我从来不知道竟还有人崇拜我。杨泊说。

好多人都崇拜你,包括我自己。王拓说,你是男子汉。

你想利用我,就拼命抬高我,这是儿童的伎俩。杨泊说。杨泊最后高声笑起来,他摸了摸自己的脸,对王拓说,好了,我知道了,不管是英雄还是草包都有解救别人的义务。反正我闲着没事,有的是时间,我可以把世界上所有道理讲给任佳听,只是别让任佳爱上我。

这天晚上杨泊跟着王拓去找任佳。任佳是一个十九岁的图书管理员,热衷于读琼瑶的小说。杨泊通过谈话发现任佳崇拜和迷恋的并不是自己,也不是王拓,她崇拜的是一个名叫大卫的小说中的男人。另外一方面,她把自己想象成了一个名叫伊雯的小说中的女人,那个伊雯有一个非婚私生子。杨泊根据王拓的要求,讲了许多婚育的理论和利弊。最后觉得累了,他一边说着话一边困倦得厉害,不知不觉打了个瞌睡,王拓后来把杨泊推醒。杨泊醒来说,孩子睡了吗?王拓知道杨泊的意识错位了,王拓说,你好像太疲倦了。杨泊揉揉眼睛说,我从来没有疲倦的时候。他听见任佳格格的笑声,任佳说,你这人很幽默,我喜欢你的幽默感。杨泊说,幽默是生活的境界,即使你要哭,也应该哭得幽默一点。

杨泊回到家已经是深夜了,他一进门就觉得问题严重了,空荡荡的屋子寂静得可怕。冯敏带着孩子离家了,他估计她是回了娘家。水池边放着一盆尿布,还有一只奶瓶上的吸嘴,它们散发着婴儿特有的温馨的气息,这使杨泊感到清醒。杨泊打开水龙头,开始搓洗那盆尿布。他想着冯敏的离家,女人就像弱小动物,一旦在自己巢穴里失去了什么,就要回到父母的巢穴中去寻找温暖。杨泊慢慢地搓洗孩子的尿布,时而抓起一块放在鼻子下面嗅嗅,尿布上的气味总是使他想起一些生与死的问题,想到他自己的模模糊糊的童年生活。外面起了大风,杨泊听见风推打着阳台上的一扇窗户。他跑去关好了窗,在阳台上站了一会儿。风很大,下面的街道上旋卷着梧桐树的落叶。杨泊看见路灯下有一对情侣,他们站在风中,男孩把他的风衣像伞一样撑起来,笼住那个女孩。杨泊莫名地有点感动。他朝他们吹了声口哨,忽然想起几年前他与冯敏的恋爱。也是秋天,他去排演场接冯敏。他们走过秋风漫卷的街道,他对冯敏说,秋天了,我们该有个家了。后来冯敏告诉他,就是这句话使她下决心嫁给了他。

冯敏离家的这段时间里,日子变得悠长了。杨泊一天只胡乱吃两顿饭,埋头于那本关于信息发布和反馈的书的创作。屋子现在真的空寂了,这是杨泊潜意识中所希望的局面,一旦来临却又带来了某种复杂奇怪的感觉。杨泊感到既轻松又很沉重。他回顾这几年的婚姻家庭生活,一切的矛盾冲突都诞生于孩子出世这件简单的事情上。

杨泊不记得在冯敏分娩前是否笑了,但冯敏一口咬定他在笑。她说我疼得死去活来,你却看着我笑,你觉得我的痛苦很滑稽,只要我喊出一声,你就咧开嘴巴笑,虽然没有笑出声音,但是你的没心没肝的残忍是掩饰不了的。杨泊不记得这些细节,他不相信自己像冯敏描述的那样残忍,他说,你这是臆造,是妄想狂。冯敏冷笑了一声说,那么你为什么不肯在手术通知单上签字?医生告诉你是难产,必须做剖腹手术,你为什么不肯签字?是不是希望我在难产中死去?杨泊说你这才是残忍,把别人想象得那么残忍本身也是一种残忍。我跟你说过多少遍了,我希望你自然分娩。我不喜欢用剖腹方式迎接我们的孩子。冯敏又一次冷笑,她说你说得好听,难道你不知道我是难产,必须剖腹,如果不是我妈妈来了,我就要死在临产室了?杨泊想了想,说,我不知道。我觉得你的说法没有意义。

杨泊只记得临产室门前那张冰冷的木条长椅,还有玻璃门上用红漆写的两个大大的"产"字。玻璃门被护士不断地推开,关闭,挟来一种冷风和难闻的气味。杨泊那天总是感到冷,他瑟缩在长椅上,脑子里一片空白。奇怪的是他始终不能把冯敏的生产和自己联系起来,他反复读着一张庸俗无聊的街头小报,对四周的环境感到一种深深的隔阂。他记得还有几个男人也在临产室门外,他们像拿着彩票等待中奖一样焦灼而激动。有个工人模样的竭力跟杨泊搭话,他说,你是男是女?杨泊说,不知道。等生出来看吧。他说,没做过 B 超?杨泊说,不知道。他对杨泊的回答不满意,摇了摇头,又说,你喜欢男孩还是女孩？杨泊说，无所谓。那人疑惑地看了看杨泊，忽然笑着说，我明白了。你不想要孩子吧？杨泊没有再理睬，他冷淡地把头埋下去继续读报。其实他也说不上来想不想要这个孩子，或者说这不是想不想的问题。杨泊认为生育是一件自然的事情，是生命的过程，作为一个男人，他不应违抗也无力违抗。杨泊反复读着一张庸俗无聊的街头小报，报纸上有一则报道使他很好笑，报道说畜牧学家发明了一项新的科学专利，他们给母鸡戴上两片粉红色的隐形眼镜，母鸡就会大量地生蛋，蛋产量可翻三番。

杨泊从这间屋子走到那间屋子，打开每一盏灯。他不是那种精力充沛的人，在椅子上坐久了或者与人谈话时间长了都会疲倦。他发现窗台上有半包红双喜香烟，不知是谁忘在那儿了。杨泊笨拙地点了一支烟，猛吸了两口。他不会抽烟。冯敏曾经勉励他抽烟，她说男人应该抽烟，就像女人不应该抽烟一样。杨泊说，你这是教条。抽烟至多是无聊和苦闷的象征。冯敏说，你说得对，但我觉得你连无聊和苦闷也没有，你这人那么空，什么也没有。杨泊无言以对，他觉得冯敏刻毒，但他不想以更刻毒的话回敬她。因为他懒得吵架。

有人敲门。敲门声很急促，杨泊去开门。门外站着一个穿黑色夹克的青年，是个陌生人。杨泊问，你找谁？那人说，找你，你就是杨泊？杨泊说，是的，既然找我就请进屋吧。那人笑了笑，紧接着他挥起拳头朝杨泊脸上打去，杨泊被打得茫然不知所措。他听见那人说，杨泊，我就是来教训你们这些骗子的。杨泊眼前金星飞舞,他扶着门框,看见那人把领子往上提了提,然后噔噔地下楼。

杨泊摸了摸脸,手上全是血,鼻子被打破了。杨泊朝楼梯追了几步又站住了,他站在黑暗的楼梯上,摇了摇头,这世界整个疯狂了。杨泊猜不出那闯入者的身份,是精神错乱者,抑或真是一个受骗者?杨泊扪心自问,他从来没有欺骗过谁,为人真诚一向是他生活的准则,即使在筹建信息公司时,他也在工作条例中规定:出售信息必须经过严格验证,不得出售假信息。那么,骗子这个字眼为什么会加到他的头上,杨泊觉得这事情很荒诞,也很可笑。那个人到底是谁?他像一个神秘使者一样突然来临,把一个事业已经失败的男人的鼻子打破了,杨泊觉得他的面目既深刻又可笑。

好多天了,杨泊第一次照了镜子。他看见自己单薄瘦削的鼻子歪扭着,鼻孔下面凝满了血。他还发现自己的头发和胡子都在疯长,显得紊乱不堪。杨泊用力扯下了下巴上一根胡子,他想头发和胡子在人体生长是最没有意义的,它们一个劲地疯长,不仅不能带来任何价值,你还必须花钱花力气处理它们。

第二天上午,杨泊在鼻梁部位的隐隐作痛中惊醒。阳光从窗玻璃上反射进来,刺疼他的眼睛。杨泊抽下脑袋下的枕巾,折成条状搭在眼睛上。他想继续睡一会儿,却无法再睡了。依稀想起夜里做了许多噩梦,只是一个也没有记住。杨泊总是这样,每夜都做许多梦,一俟醒来就都忘了。

杨泊扳指一算，冯敏离家已经五天了，他必须去把她从娘家接回来。不知是哪本家庭生活指南书讲了，五天是一个界线和极限，夫妻吵架在五天后应该由一方主动缓解，否则超过五天，容易导致矛盾的激化和发展。杨泊对这种理论从来是置之一笑，他去接冯敏和孩子回家，只是因为他需要他们回家了。

杨泊从门后摘下孩子的自行车座椅，匆匆地下了楼。

杨泊骑着自行车往他岳母家去。这段路程很短，但杨泊却一向惧怕这段路。他不知怎么特别惧怕看见冯敏的父母，虽然他们很喜欢他。杨泊解释不清其中的原因，冯敏对此有她独特的见解，她说，因为你有负罪感，你没有使他们的女儿得到幸福。

一路上不时有人对杨泊的脸惊诧万分，之后是窃笑。杨泊知道是鼻子上的止血纱布让他们发笑。杨泊对这种好管闲事的举动很恼火，后来快到冯敏父母家时，他忍痛揭掉了纱布，他不想让别人再来欣赏他受伤的面孔。

冯敏穿着她母亲的羊毛外套来开门，她始终没有朝杨泊看一眼。后来她一直坐在桌前，用一把小剪刀修剪指甲。

杨泊松了一口气，他发现岳父岳母都不在家，而孩子睡在里面的床上。杨泊侧过身张望了一下孩子的脸，孩子睡着了。杨泊觉得这有点不巧，如果抱着孩子，说话办事都会自然一些，可以调剂一下尴尬的气氛。

杨泊说，他们呢？出门了？

你说谁？他们是谁？

已婚男人

你父母，他们不在家？

如果你有点良心和教养，你应该知道怎么称呼我父母。

杨泊笑了笑，我只是不习惯而已。其实我很尊重他们。

冯敏没有说话，她精心地修剪着指甲，然后把那些透明的指甲屑从桌上掸掉。她脸上的表情不愠不怒，和平日相仿。杨泊觉得这反而有点难办。

杨泊说，这几天孩子夜里闹不闹？

冯敏抬眼看了看杨泊，说，你的鼻子怎么啦？

杨泊耸了耸肩，说，让上帝打了一拳，他让我清醒清醒。

我不喜欢你的幽默。到底是怎么回事？

一个陌生人，他找上门来打了我一拳，他认为我是一个骗子。

你是一个骗子，不过骗得最多的是你自己。

骗自己没关系，最多是咎由自取。杨泊摸了摸鼻子，说，我害怕的是骗了别人，冯敏，我骗过你吗？你真认为我是一个骗子吗？

冯敏愣了一下，随后她的眼圈有点红了。她站起身，走到卫生间去洗孩子的尿布。杨泊跟进去，抢了过来，他说，我来洗吧，我应该好好劳动改造一下了，谁让我是一个世界上著名的大骗子呢。

你来干什么？冯敏突然问。

把你们接回家。你们应该回家了。

回家？冯敏的眼神黯淡无光。她说，冰箱也没有了，孩子的牛奶怎么存放？天天要买菜，谁去买？电视也没有了，晚上怎么打发？

那不算问题，以前没有冰箱不照样过吗？杨泊想了想说，买菜的事我来吧。至于电视机，你实在想看的话，我可以演一些节目给你看，哑剧还有独脚戏我都会。

你别想逗我笑。冯敏正色说，我笑不出来。

笑不出来也没有关系，只要思想通了，一切问题都会解决的。

后来杨泊抱着孩子匆匆逃出了门，冯敏跟在后面。在一家新开张的鲜花店门前，冯敏拉住杨泊，从他衣兜里掏走仅有的五块钱，买了一束鲜红的石竹花。

朋友们去杨泊家，赶上吃饭的时间，他们照例要留下来吃饭。在杨泊失业的那段时间里，这种情形依然继续，杨泊的朋友们和杨泊一样，大多是些不拘小节的人。他们没有注意到冯敏的脸色越来越难看，冯敏的烹调艺术也每况愈下。有一天，冯敏在饭桌上说，杨泊迟早会变成个穷光蛋，哪天他到你们门上乞讨，不知你们会不会给他一碗饭吃？客人觉得冯敏的话刺耳，但也没有往心上去。

王拓有一天带着任佳去杨泊家，杨泊在厨房里择芹菜。杨泊对他们说，你们先坐，我马上就择好了。杨泊又喊冯敏给他们泡咖啡。冯敏在里面逗孩子，她好像没有听见。杨泊又喊了一声，冯敏很不耐烦地说，咖啡早喝光了。杨泊说，那就泡茶吧。冯敏仍然没有动,隔着工艺门帘,可以看见她抱着孩子去了阳台。

王拓在杨泊家很随便,他把任佳领进了杨泊的书房。杨泊端了两杯茶走进来,他的面容有些憔悴,手臂上沾着一片芹菜叶子。杨泊总给人以不拘小节的印象。

任佳穿戴时髦,在什么地方都是顾盼生辉。她对杨泊说,你的书真多,我一看见书,人就被陶醉了。

你喜欢看什么书?杨泊说。

我喜欢美学方面的书,它能培养人的气质和容貌。

大概是的。杨泊说,不过我很害怕这些书,书读得越多,人就越发丑陋阴暗。

你又在开玩笑了。任佳嘻嘻地笑了,她推了推王拓说,王拓这家伙就是不懂得幽默。

王拓说,老杨,等会儿我们去看电影,晚饭就在你这儿蹭一顿了,有什么好吃的吗?

杨泊说,那当然。我等会儿去弄只烧鸡。

外面什么东西被打碎了,砰的一声脆响。冯敏抱着孩子站在门口,她把手一挥,扔进来一捆芹菜。

杨泊,你的芹菜择好了吗?

择好了。

你自己来看看,叶子一片也没择。

我觉得吃芹菜不用择叶子,营养都在叶子上面。

冯敏哭笑不得,她愣了一会儿,突然尖声骂了一句缺乏文明的话,然后一扭身走开了。

放屁。冯敏说。

王拓和任佳面面相觑，任佳的脸色也难看起来，她拉了拉王拓的手说，走吧。他们小心翼翼地跨过那捆芹菜，径直出门去。在过道上，任佳回头朝杨泊家的门上狠狠地啐了一口。她说，那个女人怎么这样庸俗？王拓有点迷惘地说，天知道，冯敏原先不是这样的。

后来杨泊的朋友们就很少去他家了。他们对杨泊依然很敬重。这年秋天市场上寄赠贺年片风行一时，他们几乎都想到了这个点子，给杨泊寄了装帧精美图案华丽的贺年片。

杨泊如期收到了那些贺年片，他把它们随手扔在书桌上、厨房里，甚至厕所的抽水马桶上。杨泊不喜欢这种小玩意，他觉得寄赠这种小玩意毫无意义。有一天，他看见孩子抓着一张贺年片在啃咬，他夺了下来，发现那是任佳寄来的。上面写着一些崇拜他的华丽辞藻。落款任佳两个字被红笔打了个大叉。杨泊猜想那肯定是冯敏干的。他有点好笑，他觉得在别人名字上打叉同样也是毫无意义的。

杨泊每天早晨骑车去自由市场买菜，渐渐地对蔬菜肉鱼禽蛋的市场行情了如指掌。有时候他不无遗憾地想到，如果经济信息公司搞成功的话，这些自由市场的信息，也可以作为一门业务来经营。

在一大群鲜鱼摊子边上，夹杂着一个测字占卦人的摊子。那是一个独眼瞎子，戴一个黑色的单片眼镜。杨泊每天都在市场上看见他。杨泊有一次朝他多看了几眼就被他拉住了。

你脸上有灾气。独眼说。

在哪儿？

眉宇之间，看不见的地方。

灾祸什么时候降临？

现在还不知道，算一卦就知道了。

杨泊对他笑了笑说，不用算了，其实我早就知道了，我身上有灾气。

后来杨泊在他家楼下的人行道上又碰见那个人，那个人摘掉了单片眼镜，在路边又摆了个香烟摊。杨泊注意了他的眼睛，那只眼睛和别人一样明亮，原来他不是独眼瞎子。杨泊想这才是个名副其实的骗子。不过他一点也不恨他，他想他大概也是个为生活疲于奔命的人。杨泊过去买了一包烟，他问，累不累？那人狡黠地看了一眼杨泊，慢慢地说，我们大家都挺累。

冯敏在替杨泊洗衣服的时候，发现了那包价格昂贵的法国香烟。冯敏说，哪来的？杨泊当时已经忘了买烟的事，他回忆了一会儿，说，从一个骗子那儿买的。冯敏皱了皱眉头，这么贵的烟，你买了干什么？你又不抽烟。杨泊说，我也说不上来，我只是觉得那个人很有意思。他很像我，我很像他。买他的烟是一种奇怪的心理。冯敏把那盒烟远远地摔过来，你这人是够奇怪的了。你知道这个月还剩几块钱生活费？这个家你让我怎么当？杨泊捡起烟看了看盒壳，他说，这种商标图案多漂亮，可以作为艺术品收藏。冯敏已经卷着脏衣服来到浴缸边上，她回过头说，可你不是百万富翁，别忘了你是一个穷光蛋。说完了就弯腰俯在浴缸里洗衣服。因为洗衣机也让杨泊的债主抬走了，冯敏现在只能在浴缸里洗衣服。她没再听见杨泊说话，直到晚上睡觉，杨泊没有跟她说一句话。冯敏知道她的最后那句话刺伤了他。这种令人不快的效果并非她的初衷，但冯敏觉得她对杨泊是忍无可忍了。

沉默一直持续到第二天早晨，冯敏给孩子喂完奶，对着镜子在梳头。冯敏的头发又黑又直，自然垂于双肩之上。她很喜欢自己的头发，早晚都要细细梳理两次。梳完头发后冯敏瞥了眼床上的杨泊。杨泊已经醒来，睁大眼睛看着门背后挂着的两件睡衣。那是他们结婚前一起去商店买的，蓝的是杨泊的，粉红的是冯敏的。冯敏记得孩子出世以后那两件睡衣就没被穿过，它们现在就像过时的风景画挂在门背后。

你该去买菜了。七点钟了。冯敏背对着杨泊说，去晚了市场上什么也没有了。

杨泊翻身跳下床，他开始慢慢地穿衣服。他总是先穿上衣，直到上衣的扣子全部扣好，然后才把两条又瘦又细的腿伸入裤筒。杨泊一边穿裤子一边对冯敏说，我想去深圳。

去哪儿？

深圳。我想去维奇的公司干几年。

怎么回事？

维奇给我写过信，让我当合伙人。

维奇很能干,他是个天才。他让你当他的合伙人?

你的意思是说我是个蠢才,我当不了他的合伙人?

我没这么说,你别自己作践自己。

用不着掩饰,我明白你的意思。

随便你怎么想好了,反正我不会让你去的。

你不是老在埋怨没钱吗?我去了深圳,即使做不成生意,卖血卖肾脏也给你寄钱。

冯敏的脸色倏地变得苍白,眼眶里滚出泪水。她抽泣着冲出房间,把门砰地拉上了。她站在门外哭了一会,又重新把门撞开,对着里面喊,杨泊,你别把自己打扮得那样悲壮,你其实是个懦弱的胆小鬼。你想去深圳,不过是想逃之夭夭,逃避责任罢了。

杨泊面无表情地注视着冯敏,没有说话。摇篮里的孩子被惊哭了,杨泊走过去把孩子抱起来,摸摸孩子的尿布,已经尿湿了。他找了半天干净尿布,一块也没有找到。所有的尿布都晾在外面的阳台上。杨泊灵机一动,随手拿了一块毛巾塞在孩子的屁股下面。他抱着孩子往外走,说,我们出去散步,呼吸一下新鲜空气。冯敏走过来夺下孩子,抽走了他屁股下面的毛巾。冯敏说,要去你一个人去,别让孩子跟着你受罪。杨泊说,为什么把毛巾抽走,尿在毛巾上不一样吗?他看见冯敏想笑又笑不出来的样子,突然觉得冯敏也很可怜。冯敏咬着嘴唇说,你从来不把别人当人,你就不能让孩子尿在你身上吗?为什么用毛巾,尿在你身上不也一样吗?杨泊说,那不一样,人是人，毛巾是毛巾，人比毛巾神圣多了。

杨泊拎着菜篮上街，去了很久没回家。王拓来找杨泊，看见门虚掩着，他走进去，看见冯敏抱着孩子坐在草编地毯上发呆。王拓已经很久没来了，他发现冯敏的容貌今非昔比，她现在和杨泊一样消瘦憔悴，尤其是神情也类似杨泊，充满一种迷惘和思考的痕迹。

老杨呢？王拓问。

他走了。冯敏对来客的态度仍然抱有敌意，你们怎么又想起杨泊来了？

想请他去参加任佳的生日晚会。任佳让我专程来请他。

杨泊容易讨小女孩的喜欢。冯敏暧昧地笑了笑说，去参加晚会需要准备什么礼品吧？

随便的。可以带一束鲜花，或者什么都不带。

冯敏点了点头，拍着怀里的孩子，她哼着催眠曲哄孩子入睡。王拓局促地站着，他希望杨泊这时候能够出现，这样他可以亲口跟杨泊说晚会的事。王拓知道如果让冯敏捎话，她很有可能故意隐瞒。谁都清楚，冯敏不喜欢杨泊在他的朋友圈里的交际，更不喜欢杨泊和别的女性在 起。

你是杨泊的朋友，你了解杨泊吗？冯敏突然问。她抬起眼睛专注地盯着王拓。王拓吃惊之余发现她的表情是诚恳的。

当然。老杨是个大好人。

请说得详细点。

老杨是个有抱负有思想的人，而且为人热情真诚，我一向

已婚男人　129

把他看作值得尊敬和信赖的好朋友。

还有呢？请说得再详细一点。

王拓忍不住笑了，他觉得冯敏有点奇怪，他说，你是他的妻子，你应该比我更了解他。

正因为我是他的妻子，我有必要了解他。问题是我觉得他变得越来越不可思议，我理解不了他的思想和性格，他现在离我越来越远。

王拓注意到冯敏眼神里那种冰凉的悲伤。他同情她，不知怎样安慰这个苦恼的女人。但是有一句话不宜讲出来，王拓想说的是：既然这样，你们为什么不离婚？

杨泊后来如约去参加了任佳的生日晚会。他手里提着孩子的红色塑料座椅走进任佳家时，大概迟到了半个钟头。杨泊向任佳解释说，我刚把孩子送到他外婆家，急着赶来，路上跟公共汽车撞了一下。杨泊的牛仔裤上果然破了一个大口子，膝盖上渗出暗红的血迹。任佳找了块止血纱布给他，说，是你自己来还是让我来。杨泊摇头说，不要你来，否则王拓会吃醋的。任佳倚着门看着杨泊贴纱布，说，我倒不在乎他吃醋，我在想，你为什么要甘心忍受这些大大小小的痛苦？杨泊听出任佳话里的弦外之音，他说，那有什么办法？我天生是个背运的人。

杨泊与他的朋友们好久没有谋面。他们心照不宣，对杨泊的近况缄口不问，只是借迟到的理由拼命给杨泊灌酒。杨泊的谈吐举止跟从前一样优雅从容。杨泊说，我现在不想喝酒，如果想喝，桌上这些不够我一个人喝的。朋友都说，杨泊你从前可是好酒量，你从前见酒就上。杨泊说，现在不同了。我要为国家节约粮食和酒精。王拓走过来，挨着杨泊坐下，他的劝酒也遭到失败。王拓始终不知道杨泊这种铁一样的意志出于什么原因，他无可奈何地说，你不喝酒，那干什么？杨泊咳嗽了一声说，我来就是想在你们中间坐坐。八点钟我要走，我要去接孩子。王拓一时无言，内心有某种深深的感动。他也感觉到杨泊身上无形的阴影，它虽然被杨泊自己淡化了，但确实存在。

杨泊安详地坐在他的朋友们之间。他的精神飘浮在一种抽象的思想领空里。他看见所有的酒杯里盛满灰色尘埃，它们上浮然后下沉，如此循环，体现物质的存在；他还听见盆栽铁树上发出的细微的枝叶爆芽以及断裂的声音，一如生命进程的展示。杨泊微笑着，他感到多日来头脑第一次这样清醒，后来他用一种微颤的声调问身边的王拓，从这里出去，你们又到哪里去？王拓举着酒杯说，回家，喝完了回家睡觉。杨泊说，对，我们都要回家。

晚会的主要内容是家庭舞会，杨泊对这套程式非常熟悉，他帮着把大蜡烛一一点燃，把家具抬到墙边，然后他站在一边看他们跳舞。杨泊的交谊舞其实跳得很好，但是很多时候他不想跳，或者说他对此渐渐淡漠了。他不想跟任何人面对面靠得很近，似乎那样会带来某种洞穿和丧失。

任佳走过来，她穿着鲜艳的长裙走过来，把手搭在杨泊的肩上,她说,你不请我跳,我来请你了。杨泊说,对不起,我已经把所有舞步忘光了。任佳噘起鲜红的嘴唇说,你不能拒绝一个过生日的快乐公主,她正在寻找森林中的好猎手。杨泊发现任佳喝醉了,他觉得女人的醉态比男人更滑稽,她们即使醉了也不失平日的矫饰和多情。杨泊想了想,伸手扶住了任佳,他熟练地带着她软绵绵的身体舞至人堆里。他发觉他们都注意着他和任佳,他觉得对一双随意组合的舞伴施加额外压力是没有意义的。任佳放纵地笑着说,太好了,太美了。杨泊闻到了她嘴里的酒气,他觉得与一个醉酒的女孩跳舞确实有一种压力,它来自别人的目光,也来自自己内心阴暗的那一部分。杨泊猛地转动任佳的腰,使她旋转了一圈、二圈、三圈,转到第四圈的时候,任佳突然失去重心,伏在杨泊的身上呕吐起来。杨泊站定了任她呕个不停,他感觉到后背上湿热湿热的,一股难闻的气味,任佳嘴里涌出的秽物吐了他一身。

杨泊,你为什么不跟那个庸俗女人离婚?被王拓扶进卧室后,任佳一边痛哭一边尖声大喊。杨泊,你一定要回答我,你为什么不离婚?

所有的目光都暧昧而紧张地扫向杨泊。杨泊面无表情地走到门边,伸手从挂钩上摘下那只他儿子的塑料座椅。杨泊回头说,离婚没有意义,结婚没有意义,我不知道什么事情最有意义。

杨泊看了看手表,慢慢走出门去。在黑暗的走廊上,他一眼认出了那辆被汽车撞过的自行车。杨泊骑上车,自行车钢圈和轮胎发出一种尖锐刺耳的噪声。杨泊就这样骑着破车回家，被酒精和食物弄脏了的外衣使他厌恶，他把它脱下来，夹在后座上。在任佳家的结局是杨泊没有预料到的，对于任佳的明显多情，他感到茫然，内心对此存有一种深深的隔阂。没有任何事物可以强加于他人头上，杨泊想盲目的多情对于世界也是毫无意义的。

有一天深夜，杨泊在睡梦中被一种重物坠地的声响所惊醒。他猛地从床上跳起来，光着脚站在冰凉的地上。冯敏迷迷糊糊地问他，你又做噩梦了？杨泊说，是什么东西掉下去了？杨泊自己也解释不清他对此做出的强烈反应。那种沉闷的声响使他心跳加剧，他打开台灯，从镜子里看见一张惊惶而陌生的脸。

第二天才知道是阳台上的那盆吊兰坠落在楼下，夜里的风刮断了铁丝，也葬送了杨泊所珍爱的吊兰的前程。杨泊看见花盆已经碎裂，吊兰的叶子在风中簌簌颤动。他找根绳子在花盆上捆了几道，想把它抱回家。走到楼梯上，他站住思考了一会儿，又返身下楼，把那盆吊兰扔进了垃圾桶。

杨泊的失眠症就是从此染上的。入夜他辗转反侧，难以入睡。恍惚中总是听见那声可怖的重物坠地的响声，他肯定自己耳朵出现了幻听，那个声音是虚假的意识的产物，但杨泊好像等待着它的来临。在这种无谓的等待中，他的心情变得很恶劣，伴随着难以抑制的焦躁和沮丧。

杨泊在黑暗中窸窸窣窣地穿衣服,他想出门,又怕惊醒熟睡的冯敏。他轻手轻脚摸黑走到门口,正准备开门的时候,听见冯敏在里面说话,你深更半夜上哪儿去?杨泊不想回答,他扮了一声猫叫。冯敏又说,你老是自己折腾自己,让别人也睡不好。

杨泊下了楼。外面的风很大,冰凉地灌进杨泊单薄的衣服里。杨泊打了个寒噤,随之而来的是一种自由的喜悦。街道在深夜变得空旷而宁静,路灯恰到好处地照亮了水泥路面,发出淡淡的白光。杨泊张开双臂,模仿飞鸟奔跑了几步后停下来,他向前向后观察了一下,没有人看见他的动作。他感到很放心,然后放慢脚步朝广场走去。

深夜独行的感觉对杨泊已经陌生。他记得从前还是个少年时经常深夜出门,在大街上寻寻觅觅,寻求他所期待的一次艳遇或者别的非同寻常的经历。他记得就是在话剧团门口第一次遇见冯敏,也是秋末初冬的日子。在话剧团门口路灯下,冯敏侧身而立,她穿了一件素色风衣,围一条黑白格围巾。她的容貌神态犹如天仙打动杨泊的心,杨泊站在对面屋檐的阴影下,偷窥着她。他判断她在等人,他当时决定,如果她等的是男人,他就向他们投一块石子以示抗议,如果是女孩,他就将开始他的爱情生活,他要抓住她。后来杨泊如愿以偿,他看见话剧团里跑出了另外一个女孩,她们手拉手经过杨泊面前时,杨泊看见冯敏在夜色中发亮的双眸,他一下子就坠进了爱情的深渊。

对于爱情的回忆,使杨泊的脚步滞重起来。杨泊觉得这些往事现在看来就像一部温柔感伤的电影,离他的心十分遥远。怀旧是有害无益的,更重要的是思考现实和未来。杨泊走着,大概在深夜十一点钟时,他来到广场。

杨泊赶上了一个外省马戏团的末场演出,演出在用白布围成的空地上进行。他买了一张票,走进白布里面,他有一种奇怪的感觉,好像突然置身于丧葬的气氛中。他怀疑自己在梦游。不过,一切都是真的,他在深夜的广场观看一场马戏演出。观众寥落,杨泊数了数,一共只有六七个人。他想他们也许跟他一样,患有严重的失眠症。

有人敲锣,然后有两只穿花袄的猴子在空地上翻跟斗。杨泊注意到其中一只猴子很调皮,当锣声停下来时,那只猴子仍然在翻跟斗,一个接一个,怎么也停不下来。敲锣的人气恼地上去强行把它抱走了。杨泊忍不住笑起来,他想猴子并没有错误,它只是情绪失控,出于某种惯性,人类的这个习性在猴子身上也得以体现。猴子下场后,一只狗熊摇摇晃晃地上场,表演脚蹬皮球的技艺。然后狗熊还热情地吹奏了口琴。杨泊觉得让狗熊这样野性笨拙的动物学习艺术大可不必,所以他不喜欢狗熊的节目。

马戏班演出了半个钟头就草草结束了。杨泊最后一个走出去,有个马戏班的人问他,师傅,我们的马戏好看吗?杨泊想说实在没什么好看的,但他不忍伤害这个可敬的夜间马戏班,杨泊说,你们的演出时间还可以推迟,有好多人夜里睡不好觉。

杨泊走到电报大楼时,回头看见广场上的灯光骤然熄灭。马戏班正在收摊,他们把那块巨大的白布收卷起来,白布在黑暗中慢慢地变小,最后消失。有一辆卡车停在路边,杨泊看着马戏班的人和动物都上了卡车,最后消失不见了。杨泊目送夜间马戏班远去,脑子里再次想到了丧葬这个不祥的字眼。

据说杨泊后来养成了深夜独行的习惯。这种习惯最后导致了杨泊和冯敏之间关系的急剧恶化。有一段时间杨泊的朋友们都知道了他们分居的消息。有人猜测他们可能很快就会离婚。而真正了解杨泊的人说杨泊不会,除非冯敏提出离婚。有一天王拓去火车站送人,出站时看见杨泊一个人坐在台阶上。王拓跑过去跟他说话时,杨泊说,你别过来,我在梦游。王拓观察杨泊的神态表情,杨泊的眼睛宁静温和,似笑非笑的样子,和白天并无二致。王拓不相信他在梦游,但他很担心杨泊的神经是否出了毛病。

杨泊深知他现在在别人眼里的形象,只有他自己坚信一切正常,他清醒而又放松,事物在向好的方面发展。他的个人生活一旦挣脱了世俗的枷锁,已经上升到精神的高空,杨泊对此感到满意。

冯敏第二次离家前做了一顿丰盛的午餐,她又把房子里里外外打扫干净。杨泊无动于衷地注视着冯敏忙碌地干这些活,后来他说,别这样,我不希望你走。如果我们必须分开,让我出去好了。我可以住到朋友家去。

冯敏说，不，这儿留给你一个人，这下没有人妨碍你写作了。我还给你单身的自由。

杨泊说，我从来没说过单身自由，结婚不自由。我也不认为你和孩子妨碍过我，请不要偷换主题。

冯敏说，我不想再忍受你的自私，还有你的阴暗心理。你不是男子汉，除了自己，你谁也不爱。

杨泊说，你说错了，我爱世界上每一个人，就是不爱自己。

冯敏不再说话了。她用拖把使劲地擦着地板，地板上汪着水迹，冯敏看见杨泊脚上的拖鞋洇湿了，她用拖把敲了敲杨泊的脚说，把脚抬起来。杨泊没有动弹，他的目光变得呆滞无神。冯敏听见杨泊轻轻地说，我知道还有一个原因让你离开我，你只是羞于启齿。杨泊叹了口气，他说，我阳痿了，这是已婚男人致命的疾病，但它跟我的心灵没有关系，我没有罪。

冯敏木然地站在那儿，过了很久她爆发出一声裂帛般的哭泣。她边哭边说，你混账，你卑鄙，你自己明白那不是真正的原因。

杨泊走到冯敏身后，他搂住了她的双肩。杨泊用手背给她擦泪，他说，别哭了，你应该相信我爱你。阳痿并不可怕，可怕的是心灵枯竭。只要一切正常起来，我的毛病也会好的。冯敏猛地甩开了杨泊的手，她边哭边喊，别恶心了，我再也不能忍受了。

就这样冯敏夺门而出，冯敏跑下楼时，听见杨泊追出来喊，孩子，孩子怎么办？冯敏没有理睬。她想孩子是两个人的，杨泊有责任带他的孩子。这也是她对他的最简单最合理的惩罚。

　　孩子未满周岁，还不会说话，甚至还没有长出牙齿。杨泊每天给孩子喂牛奶和米粉，换尿布，哄他睡觉。孩子哭的时候，杨泊就把他抱到阳台上去。孩子到了阳台上就不哭了。这是杨泊在几天的实践中得出的经验。

　　杨泊知道冯敏是故意把孩子撂给他的。这是女人天性所谙熟的手腕，意图在于制服男人。杨泊不明白的是冯敏的目的，她到底想让他怎么样呢？她的手腕成功之后又能怎么样呢？这一点也许冯敏自己也不清楚。许多人对事情都缺乏理智的把握。杨泊觉得这是一出无聊的闹剧，真正受害的是孩子。孩子像玻璃球一样被踢来踢去，被把玩和利用，只是因为孩子没有思想，他被有意无意地物化了。杨泊因而对怀里的孩子生出了别样的爱怜。

　　杨泊出去买米，他把孩子放在自行车上，把米也放在自行车上，杨泊推着孩子和米慢慢走过街道。已是初冬，阳光晒在头顶上有些暖意。街上涌动着上班的人流，汽车、自行车、行色匆匆的男人女人和小学生。杨泊与他们逆向而行，他突然意识到自己在人群中多少有点特殊，也许拥有一份正式职业每天上班下班也是一种幸福，那是人们赖以生存的秩序。杨泊想是什么东西把他甩到秩序之外的呢？不是外界事物，而是来自他内心的一种悖力，它很神秘并且不可战胜。杨泊想他也许就生活在现实和悖力的矛盾之中。

在家门口,杨泊看见王拓站着等他。王拓脸色苍白,双手揪着鬈曲的头发。王拓说,任佳出事了,她吃了一瓶安眠药。杨泊说,为什么吃那么多安眠药?她好像并不失眠。王拓说,你还不明白,她是自杀,现在在医院里抢救。杨泊先把米搬下车,然后把孩子抱下来。他说,为什么自杀?她还是个小女孩。王拓奇怪地看了一眼杨泊,他说,可能与你有关。你知道她是什么样的女孩,你是一个隐形凶手。杨泊沉默了一会儿,说,那么现在我应该做什么?王拓冷笑了一声,你说呢?杨泊转过脸看了一下地上的米袋,说,现在我应该先把米送上楼,你给我抱着孩子。王拓怒吼起来,他一脚把米袋踢翻,说,去你妈的米,难道任佳她还不如一袋米重要,你给我立刻去医院看她。杨泊平静地拍了拍王拓的肩膀,说,请你别发火,这不是一回事。谁也主宰不了任佳的意志,如果她想死就会死去,如果她不想死会活下来的,没有什么了不起的。

后来杨泊抱着孩子坐上王拓的铃木摩托车去医院。杨泊突然想不起来任佳的模样了,杨泊与任佳只见过三次面,而现在他竟然成了她自杀的隐形凶手,杨泊觉得这件事荒诞而且具有戏剧效果。从另外一层意义上说,他不相信这件事情是真实的,它最多具备真实的外壳。杨泊坚信他与任佳没有任何精神联系。风很大,摩托车以高速穿越街道风景。杨泊注视着怀里的儿子,儿子的小脑袋在他的衣服上蹭着,他好像想睡了。杨泊奇怪孩子对这种高速运动的适应性,也许孩子对外界的适应能力要优于一个成人。人的年龄越大他的神经就越脆弱。

一路上王拓没有说话。快到市立医院时，他回头朝杨泊父子看了一眼，他说，我很难受。我很抱歉，硬把你拖来了。杨泊说，这没有关系，每个人平均八个月会碰到一次意外事件，无法避免。

杨泊抱着孩子跟随王拓走进任佳的病房。刚刚施行了灌肠术的任佳躺在病床上，容颜比平日更加娇艳美丽。杨泊抱着孩子坐在一只方凳上，看着任佳半醒半睡的脸若有所思。在病房弥漫的来苏儿的气味中，他依稀看见一些白色药片在肠道里缓缓行进，然后又看见肥皂泡沫在肠道里像波浪一样翻滚的幻景。他的嘴角流露出一丝不易察觉的微笑。杨泊觉得服用安眠药自杀无疑是一种游戏。

老杨，我不是为你死的，我只是悲叹生活的苍白和不如人意。任佳突然说。

我知道这一点，谁也不会为别人而死。

死亡是美丽的。我体验到了死亡的美丽的诗意。

我不知道，因为我没有死过。不过我想死亡不是件美丽的事情。人活腻了才想到死，死很平常地降临，就像水池里的鱼，它一旦跳到水池外面就会死去。

你没死过，你不知道死亡是一种什么感觉，就像一首歌中唱的，随风而去，对了，就是一种随风而去的感觉。

随风而去。杨泊点了点头，他抬眼望窗外。窗外是淡蓝的天空和梧桐的枝杈，一片叶子在阳光中旋卷着。杨泊说，天气多好，一切都在随风而去。

到了冬天，杨泊失去了往日的自由和快乐。他一个人带着未满周岁的孩子，身心感到从未有过的疲惫。每隔一天，任佳就通过传呼电话找他聊天。任佳在那次自杀未遂后，非常喜欢与人讨论人生和哲学问题。杨泊不得不抱着孩子奔下楼去接她的电话。任佳在电话里长篇大论，往往要谈上五六分钟，这使旁边等着用电话的人很有意见。杨泊说，我没有办法，你们没听见？我什么也不想说，我只是一个忠诚的听众。

杨泊曾经接到冯敏的一个电话。杨泊拿起话筒时，什么也没有听见，他说，你是谁？对方没有声音。杨泊听见一种类似呜咽的轻微的声音，然后电话就被挂断了。凭感觉杨泊知道打电话的是冯敏。他想女人怎么都喜欢在电话里表达她的情感，女人天生喜欢这种半藏半露的方式。

这年冬天，杨泊几乎失去了时间的概念。杨泊家里没有日历，只有一卷风景摄影画历，画历依然停留在七月。七月是炎热而浪漫的夏季。现在是冬天了。有时候杨泊发现了画历的错误，但他不想去纠正这个错误。

这天早晨窗外传来一阵鞭炮声，摇篮里的孩子被吓哭了。杨泊走到窗前，发现大街上的人比平日拥挤，远远地他看见百货公司挂出了红色的灯笼，灯笼上有庆祝元旦四个大字。杨泊这才想到原来是节日，节日总是很嘈杂很拥挤的。人们喜欢节日情有可原，杨泊只是觉得鞭炮太吵了。

元旦这天后来成为冯敏记忆中一个可怕的日子。冯敏原来准备这天回家去的。她知道她迟早要回去，特意选择了元旦这个日子，因为这天象征着新的开始。早晨八点钟左右，冯敏买了一束她最爱的石竹花，带着一只大包准备回家。正要出门的时候，冯敏的几个话剧团的同事来了。他们出于关心来看冯敏。冯敏只得打消了早晨回家的主意。他们问起冯敏和杨泊的龃龉，冯敏说着说着，忍不住失声痛哭起来。那群同事走时已近中午，冯敏从镜子里看见自己眼泡红肿，很难看的样子。她不想让别人看见她这个样子，冯敏想她只有下午回去了。

中午的时候孩子仍然不时地啼哭。孩子自从被鞭炮声吓醒后就一直在哭。杨泊想尽了一切办法也未能制止孩子的哭声。他给孩子量了体温，体温正常，证明孩子没有发烧。他无可奈何了，他不知道孩子为什么在新年伊始的时候这样大哭不止。

杨泊把孩子抱到阳台上去。阳台上阳光明媚，昨夜晾晒的尿布在风中轻轻拂动。杨泊听见喧闹的市声中融合着一丝若有若无的音乐声，好像是一支著名的安魂曲。他觉得那音乐悲怆而悠远，在风、阳光和市声中发挥了最佳效果。他分辨不出它来自何处，他想在元旦听安魂曲也许不是件好事，至少它使人联想到了死亡。

空中有一只红色气球，气球慢慢地浮升，在阳光中闪着透明的色彩。杨泊指着气球对孩子说，别哭了，你看那只气球，它多么漂亮。孩子没有朝那只气球看，他闭着眼睛大哭，哭得满脸是泪。杨泊感到一种深深的绝望。

别哭了，我最不喜欢听见哭声，哭是最令人生厌的事情。

……

别哭了，你哭得让我烦躁焦虑，你哭得我情绪坏透了。

……

别哭了。我假若打你一顿又能怎么讲？我不喜欢暴力，我情愿逃避，可是我能逃到哪里去呢？

……

为什么哭个不停？你让我安静一会儿吧。我已经很疲倦了，我受不了你的无缘无故的哭声。

……

为什么还要哭？你让我感到绝望，你让我感到整个世界无理可说，而我也不想再说了，我已经说得够多了。

……

好吧，你继续哭吧。现在我只有一个办法可以听不见你的哭声，或者把你从阳台上扔下去，或者我自己跳下去。我想还是让我跳下去吧，这样更好一些。我可以问心无愧。

杨泊把孩子放回到摇篮里，孩子哭得更厉害了。杨泊想了想，附身把孩子连同摇篮一起搬到了阳台上。他找了一个玩具小熊塞在孩子的手里，他说，什么时候你不想哭了，可以玩这个小熊。没有我，你也许会更快活一些。

杨泊双手撑着阳台。水泥质地的阳台冰凉冰凉的，而阳光很温暖。杨泊凝望天空，那只红气球已经升得很高很高，现在他只能看到一点虚幻的白点。天空下是杨泊所熟悉的城市，城市很大,漠然地向各个方向延伸。杨泊听见那支安魂曲的乐声萦绕在城市上空,他始终分辨不出它来自何处。

中午十二点一刻,杨泊纵身一跃,离开世界。杨泊听见一阵奇异的风声。他觉得身体轻盈无比,像一片树叶自由坠落。他想这才是真正的随风而去。这才是一次真实的死亡感觉。

楼下就是商业街。元旦这天街上的人很多,所以有很多人亲眼目睹了杨泊坠楼的情景。其中包括杨泊的妻子冯敏。冯敏当时在她熟悉的水果摊上买橘子。水果摊老板说,你好像很久没来买水果了。冯敏挑了几只橘子放到秤盘上,她说,水果太贵了,没有钱,吃不起了。冯敏抱着橘子和鲜花穿过街道时,朝家里的阳台望了一眼,她看见阳台上有个人跳下来,那个人很像杨泊。

那个人就是杨泊。

(1990年)

平静如水

蝉在一九八八年夏天依然鸣唱。

我选择了这个有风的午后开始记录去年的流水账，似乎相信这样的气候有益于我的写作。日子一天天从北窗穿梭而过，我想起一九八七年心情平静如水。在潮汐般的市声和打夯机敲击城市的合奏中，我分辨出另外一种声音，那是彩色风车在楼顶平台上旋转的声音。好久没有风了，好久没想起那只风车了，现在我意识到风车旋转声对于现实的意义，所以我说，平静如水。

第一节或者倒霉的一天

日记写道：你作为一个倒霉蛋的岁月也许始于这一天。

我是想回老家过春节的。我带着一只大帆布包和一把黑雨伞到了火车站。那是这个城市的被废弃了一半的旧车站，只发开往南方的短途车。那天有下雨的迹象，天色晦暗，但雨却迟迟下不来。我走进低矮的候车室时，觉得里面很黑，好像停电了，五排长条凳上坐着的人一个个孤岛似的若隐若现。我找了个空位坐下，我把包放在地上，把伞插在帆布包的拉手里，一切都没有异常之处。邻近的一条壮汉盘着腿在看《家庭医生》，我问他："停电了吗？"他说："车站怎么会停电？停了信号灯怎么亮？"我想想也是。但我对旧车站的幽暗实在不习惯。为什么不开照明灯呢？

检票口还不放人。我听见一个女检票员尖声对冲撞铁栏杆的人喊："急什么？火车不是马车，该走就走不该走你打死它也不走。"我记得我笑出了声，我对于别人的幽默总是忍俊不禁。然后我闭上眼睛等待广播检票。事后我想想我的一切都没有异常之处。我是想回老家过春节的。不知什么时候，我觉得额头上被什么冰凉的物体一点，睁眼一看，候车室天棚上的吸顶灯都亮了，一个白衣警察岿然站在我面前。当时我觉得光明是和警察一起降临的，这很奇妙。

"放人了吗？"我说。

"把你的证件拿出来。"他说。

我这才意识到哪里出了毛病。我拉开帆布包的拉链，掏出工作证给他，"怎么啦？"

"没什么。"他翻开工作证溜了几眼，然后递还我说，"放好吧。"

"快放人了吧？"我问。

"快了。请你跟我来一趟。"他又说。我注意到他的脸色很严肃，胡子修得发青，双眼炯炯有神，而一只手漫不经心地抠

平静如水　147

着鼻孔。

"为什么？你觉得我是坏人吗？"我盯着他的另一只手。

"跟我来一趟吧。"另一只手正慢慢举起来。

"去哪儿？"我猜测那只手才是关键的手。

"跟我来就知道了。"关键的手朝我肩上拍了一下。

我想了想还是拎起了包，我不知道哪里出了毛病。他领着我朝盥洗室旁边的铁门走，一根黑色的镶有皮套的警棍挂在皮带上，不时碰撞他的干瘪的臀部。铁门后面是一条长长的走廊。在走廊里我想起那把伞忘在长条凳上了。我像一只没头没脑的羊跟着他走进车站派出所，我预感到一场莫名其妙的宰割就要开始了。

办公室里还有四个人，好像在玩牌，一个刚把纸条从鼻子上揭下来，另一个手指关节咔咔响着把凌乱的扑克刹那间洗成一块。这时候我又笑了，我总是难以克制自己的笑，这种毛病总有一天会惹来灭顶之灾。揪住我的警察猛地回头，"不准笑！"

"不笑。"我应着坐到屋子中间的圆凳上。我觉得自己像个老练的被捕者，这让我有点迷惘。我弓腰坐着，看见帆布包可怜地缩在地上，我在想帆布包里是不是有问题，但是我肯定没有携带任何违禁品，我只是想回老家过春节。

"姓名？"

"李多。"

"我问你真实姓名。"

"那就是真实姓名。我没有假姓名。"

"住址?"

"江南路十一号五楼。"

"老实点,到底有没有住址?"

"怎么会没有?我不是流窜犯。"

"谁知道?不查清楚怎么知道你是不是流窜犯?"

我终于明白我被怀疑是个流窜犯,但我不明白我为什么要被怀疑是个流窜犯,在春节前遇上这种事情不能不说是倒了大霉。我看了看手表,离火车发车只有五分钟了,我站起来说:"完了吧?再不完我就误了火车了。"他们坐着不动,那些眼睛有着相仿的严峻和淡漠的神色。假如我是羊,他们就是牧羊人。牧羊人不让羊走羊不能走。于是我又坐下,我隐隐听见候车室的广播在嘤嘤地响,一定是检票了,要坐火车的人都上火车了,而我却突然失去了这个权利。你体会不到我的绝望和沮丧。

揪住我的警察跟审讯者小声说着什么,然后我听见他们提了一个我意想不到的问题。

"有前科吗?"

"什么?"

"装蒜,问你有没有参与流氓盗窃反党活动,譬如河滨街纵火案,友谊商店失窃案,或者民主墙运动,你有没有前科?"

"没有。这太荒唐了。"

"你说谁荒唐?"

"我说火车,火车要开了。"

"你说坐火车重要还是维护社会治安重要?"

"都重要。可我没有扰乱社会治安。"

"那你为什么私藏凶器?"

这时候我真的懵住了。我没有凶器。我从来不打架,为什么要私藏凶器。我说:"你们弄错了,我没有凶器。"然后我把帆布包朝前面推了推,让他们检查。揪住我的警察从口袋里掏出一副白手套戴上走了过来,他斜视了我一眼,然后刷地打开帆布包拉链。我看见他飞快地掏出一把手枪来。我松了一口气,差点又笑出来。但我拼命忍住了。因为那是一把香港产的塑料手枪,形状逼真,但毕竟不是凶器。

"是玩具手枪,给我小侄子玩的。"

他把塑料手枪在手上掂了掂,脸色恼怒。他继续在包里摸索着,又抓出一把西瓜刀,拎着刀柄朝我晃着。

"这又是什么?"

"西瓜刀,不是凶器。"

"现在没有西瓜,为什么带西瓜刀?"

"到夏天就有西瓜了。"

"狡辩,凡是十公分以上的刀具都算是凶器。是条例。"

"我不知道这个条例。"

"带你来就是让你知道。手枪和刀我们没收了。现在你可以走了。"

"没收刀我没说的,但枪是玩具为什么要没收呢?"

"玩具枪也不准携带上车。这也是条例。"

我终于站起来,脑袋已经被搅得像一团糨糊,我真的像一个被假释的犯人朝他们点点头告别。突然想起我是来坐火车的,赶紧朝候车室跑。候车室的灯光再度隐去,我看见我坐过的那排长凳上已经空无几人。我挥着车票朝检票口闯,那个女检票员眼疾手快地把栅栏门拉上。她说你干什么?我说我坐火车。她夺过我的车票看了看,对我微笑着说:"放你进站你也赶不上那趟车了,火车比人跑得快你明白吗?"我把包挂在脖子上愣了一会儿,然后我说,放你妈的狗屁。她拧起柳叶眉说,骂谁?我说我骂全世界,骂全世界,不关你的事。

我又去找那把伞,根本不见伞的踪影,伞也让谁偷走了。我朝外面走,发现那场雨已经下了很长时间了,我竟然不知道。知道了也没办法,有人想偷你的伞,你只能去商店买一把新伞。买一把新伞没什么,可惜的是我最喜欢的塑料手枪被没收了。

没 有 第 二 节

我给江南路十一号的公寓起名为太阳大楼。那是我爷爷革命六十年得到的礼物。他把房子里的所有乳白色门窗壁橱都漆上了一层红色,然后交付我使用。我说为什么要把白房间漆成红房间?他说不能让你太资产阶级化了。红的使人进步,白的使人堕落。我觉得爷爷的思维很可爱,对这种婴儿式专制你只能听之任之我行我素。我在墙上贴满了从各种画报上剪来的彩色画页,从拳王泰森到性感女明星金斯基到美国总统里根。那些人爷爷都不认识,他问我这是哪路英雄?我说是美国共产党,他就朝我头顶刷了一巴掌,"你骗人,哪国共产党也不是这种熊样,不穿衣服吗?"我说那我没办法他们穿不穿衣服你可管不着。那是美国啊。

太阳大楼的居民习惯于蜗居生活,有时候我在楼下的信箱边看见那些深居简出的邻居,他们的脸上有一种纵欲过度营养不良的晦气。他们夹着报纸慢慢地上楼,臀部像地球一样沉重,我不知道他们从早到晚忙了些什么,搞成这种半死不活的样子。以后太阳落山了,以后天就黑了。从太阳大楼的各个窗口涌出电视机的音量,射雕英雄郭靖播音员杜宪罗京还有美国唐老鸭歌星×××吵成一团。偶尔夹杂着一只饭碗砰然落地的声音。这就是夜晚了。

夜里难熬,有时我穿过回形走廊去楼顶平台,一路打开所有熄灭的灯,我看见那把木梯依然躲在隐秘的角落里,我把梯子架到通口爬上去。太阳大楼如今失去了新鲜的意味,让我喜欢的事物只有这楼顶平台了。

平台上的四座碉堡实际是四只大水箱,除此之外它基本上是一片城市的草原。草原中央有一只断腿的靠背椅子,从我头一次上平台起那只断腿椅子就孤独地站着,不知道是谁把它放在那里的。我如果坐上去就感到自己成了一位现代国王,身边的世界清凉而神圣,一切都已远去,唯有星星和月亮离你很近,夜露坠下来了,西北方向的铁路上驶过夜行货车后,我将听见某种神秘的召唤。我总是听见那把椅子折断的声音,咔嚓,轻轻的然而深邃富有穿透力。早在一九八六年我就听见了这声音。我在平台上静坐着,听见从我的背后响起了这声音。我回头看了但什么也没看见,那天月光昏暗。第二天听说夜里有人跳楼身亡。太阳大楼的居民围着楼下一摊血渍惊慌失措,我手脚冰凉,我想我怎么没看见那个人,事发时我就在楼顶平台上,却没看见那个人。

自杀者把一只彩色风车插在水泥裂缝里后跳了楼,我看见那只风车就想起人的身体在空中自由坠落的情景。人们说那是一个美丽的女孩,穿着白衣白裙,长发遮住了半边脸。一九八六年夏季在恍惚中过去。我渐渐怀疑那是我所热恋的女孩。我怀疑,别人也这样怀疑,怀疑我把女孩从楼顶平台上推下去了。

这几乎是一个神秘的命题,我从来不告诉你楼顶平台上的事。每当月光明净的时候,我夹着一本书在月光下阅读,现在读的书是约翰·韦恩的《打死父亲》,告诉你书名不要紧,反正你找不到这本可怕的书。

关 于 雷 鸟

我马上就要写到这个故事的主人公了。主人公不是我,是一个叫雷鸟的家伙。雷鸟是一个三流诗人,就是被我爷爷称为拉文化屎的人。

雷鸟在一九八七年失踪了。纵观他的历史你可以说那是一只臭名昭著的坏蛋。认识他的人有一半要找他算账（包括我在内），但是我们不知道他跑到哪里去了。你如果在某个陌生的城市街道看见雷鸟，请一定帮助我们把他揪住。

雷鸟的外貌特征如下：

一、刀把型脸。嘴唇发黑。眼睛小而亮。留艺术型胡子。身高一米八〇左右。

二、穿黑色西装，结斜条纹领带，携带一只人造革公文包。

三、神情恍惚，神情很恍惚。

现在想起来我可能很早就认识雷鸟，我们这里的交际圈有点像多米诺骨牌，谁先一动，数不清的人就全部动起来，一个撞一个，撞到后来你会在街上碰到一些陌生人对你说，你好。你停住脚对他说，最近过得怎么样有没有出去旅游，发表新作了吗？但你不知道对方的名字。后来我走到街上就会觉得我认识世界上一大半人口。雷鸟就属于这种情况。那还是我刚刚搬进太阳大楼时，有一天傍晚，听见有人敲门，我问是谁？门外的人说开了门就知道了。我打开门，看见一个风尘仆仆挟着公文包的人斜倚在墙上，他把一只手伸给我，我握了握他的手却没有想起他是谁。

"雷鸟，诗人。"他闯进来自我介绍。

"雷鸟，你好。"我说，"坐吧，来的都是客，全凭嘴一张。"

"我们在马丘家见过的。"他坐下来把公文包扔到我床上。

"马丘。"我说。我连马丘也想不起来是谁。

"马丘去了美国你知道吗?"

"不知道。"

"我才从深圳回来,昨天下的飞机。"

"听说了,你是去旅游观光的。"

"不,我在那里做生意,我跟小田合伙开了个小公司。"

"哪个小田?"

"田副省长的儿子呀,我们公司专门与外商洽谈生意,成交额很高。"

"谈汽车还是聚乙烯?"

"不。"他突然大笑起来,"谈乳罩和所有妇女用品。"

"这生意不错。"我也笑了。这时候我发现他确实面熟,但不清楚是不是在马丘牛丘还是猪丘家认识的。对于我来说这无关紧要。然后我看见他的眼睛亮了一下,说:

"我肚子饿了。饿得咕咕叫。"

"那就吃方便面,再看看有没有鸡蛋?"

"什么都行,我不讲究吃。他耸耸肩。

那是一九八六年秋季的一天,夜里雷鸟要求留宿。我看见他把黑西装脱下,认真地叠好搭在椅子上,然后倒在地铺上就睡去了。我注意到他睡觉姿势很怪,是俯卧着的手脚朝四处摊开,好像一个不幸的坠楼者。当时我无法预知雷鸟后来的事,只是认为人不应该采取这种艰难的姿势睡觉。我要是个能预知后来的哲人,当时就应该把雷鸟卷起来扔到窗外,免得后来他把我的两千元钱借去然后一去不回。

我是一个洋鸡蛋

在生活中我只是一个洋鸡蛋。这是我爷爷对我的评价，他总是将我比喻成一个洋鸡蛋，我想那是因为鸡蛋表面光滑实则脆弱经不起磕碰的缘故。至于洋的含义很明显，因为我不止一次对我爷爷说过，我要偷渡去香港然后到美国去到法国或者荷兰也行。我爷爷最痛恨崇洋媚外的人。

其实我不敢。我说过我基本上是一个循规蹈矩的人，即使敢也不成，说不定我溜过了国境线，又想打道北上去内蒙古开辟一个牧场。我身上集中了种种不确定因素，整体看也许真的像一个洋鸡蛋。

我在一家临时成立的有奖募捐基金会工作，这是一份清闲而有趣的工作，每周上三天班去办公室起草印制种种奖券票面：主要是残疾人基金环境保护妇幼健康和大学生运动会等等。我怀疑正是这里的清闲有趣培养了我的烦躁情绪，我上厕所的时候，总是把门关紧了，憋足气连吼三声，呜——呜——呜。我的同事问我怎么啦？我说憋得慌。他们说哪里憋得慌？我说哪里都憋得慌。他们又问谁让你受的气？我说没有，没有谁让我受气，我自己受自己的气，这是没有办法的事情。

这真是没有办法的事情。一九八七年我又无聊又烦躁，有天他们守着煤气取暖炉开会。我偷偷地把大吊扇开关按了一下，然后我就走了，我听见他们的鬼叫声心里就舒坦了一些。我知道天很冷不能开吊扇，但开开吊扇也无妨。我就是这样想的。当你隔着玻璃看见一群人的头发让风吹炸了，你会觉得这一天没有白过。

现在我坐在窗前，看见一九八七年我自己委琐而古怪的形象。我在城市的每一条街道上走来走去，碰到人头攒动的地方就朝里钻。我看见汽车轮子撞死了一名骑车的妇女，她的自行车像一只绞麻花横在血泊里，还有一捆韭菜放在塑料筐里，一只高跟皮鞋丢在你的脚边还冒着热气。我看见两个男孩在广场的草坪上表演硬气功，一个用铁索把自己绕上一圈二圈三圈，然后大吼一声把铁索绷断（我怀疑铁索上本来有裂口）；第二个是无腿男孩，他坐在草地上把一只铝饭盒送到你面前说："各位先生太太同志大爷行行好，给俺们一点吃饭钱，你要不给就不是人啦！"（我没有掏钱是想尝尝不是人的滋味）我还看见过华侨商店门口穿牛仔服的外币倒爷坐在台阶上，像一排卫兵监护着来往行人。我走过那里时，突然有好几只手拽我的衣角，"美元有吗？""兑换券有吗？""要日元吗？""长箭短万宝，一样六块八。"我把这些手一一拍开，然后坐下来。我坐在倒爷们的队伍里觉得很自然很亲切，我比他们更快乐，因为我什么也不要兑换，我要兑换神经和脑子找不到顾主，谁肯跟我来换？有一天我看见雷鸟在一棵大柳树背后跟人兑换着什么，等我朝他跑过去却找不见他的人影了。雷鸟神出鬼没富有传奇色

平静如水　　157

彩是事实。后来我问他去大柳树背后干什么。他说什么大柳树？我说你在黑市倒腾美元吧。他说你看花了眼，我雷鸟从来不去黑市，我有三千美金，彼得送我一千，桑德堡送我一千五，还有雪莉送过五百。彼得要保我去加利福尼亚。我说你跟他们什么关系？雷鸟挥挥手说跟你说了你也不理解，你知道什么叫鸡奸吗？你知道美国女人一夜需要多少个高潮吗？雷鸟脸上洞察世界的表情很容易把你镇住，我说去你妈的蛋，原来你卖身投靠。雷鸟叹息一声，然后仰望天空说，这一代人没有英雄，这一代人都在做美国梦。他们都在逃离一条巨大的沉船。兄弟，逃吧，你不是英雄就是逃兵。

也许雷鸟留下了伟人式的箴言。后来我经常想起这个英雄和逃兵的问题，想起水中沉船到底谁在船上谁在水中推呢？问题不一定需要答案，后来衍变成口令，后来雷鸟到我的太阳楼来时就要背口令：

"口令？"

"英雄。"

"逃兵。"

然后雷鸟那混蛋就嬉笑着进来了。

故 事 和 传 闻

民主路与幸福街的交点是一片房屋的废墟，那是我们这个城市人口密集交通繁忙的地区。我曾经从那里经过，很奇怪十字路口竟然没有设立交通岗。他们说暂时顾不上，只要平安地经过就行了，熬到二〇〇〇年什么都有了，你可以从天桥上过，也可以从地道里过，还可以攀着高空缆索荡过去。后来他们又告诉我那里来了一个交通警，民主路幸福街的交通秩序已经好多了。

交通警站在废墟上，站在一块水泥板上，指挥来往车辆和行人，一般是隔五十秒钟放南北线，再隔五十秒钟放东西线，行人在前汽车靠后，他们说这是最科学的交通指挥法。司机们驾车通过时，都鸣笛向交通警致意。然后他们告诉我交通警身穿蓝制服腰束宽皮带。我说交通警制服有蓝有白。他们又说交通警皮带上挂着一支红色手枪。我说哪里有红色的枪？他们说那是一支塑料手枪。我说那就另当别论了，他没有真的枪就拿塑料枪代替了，他很聪明。这回他们就哇地大笑起来，敲敲我的脑袋，你还没想到吗？那不是交通警，那是一个精神病人。精、神、病、人！

交通警原来是一个精神病人。

是真的？我问。

真的。他们说。

是故事吧？我又问。

故事。他们又点点头。

开头我觉得这事好笑，但细细想过后，又觉得没什么大惊小怪的。你允许精神病人发疯，也应该允许精神病人指挥交通，况且他指挥得很好，况且他跟我一样有一把形状逼真的塑料手枪。

对小说物证的解释

你如果对文学作品中出现的细节物证敏感的话，会发现我已经两次提到了塑料手枪。这绝不是什么象征和暗喻。认识我的人都知道我有一个幼稚的癖好：玩塑料手枪。我的办公桌抽屉里锁的都是塑料手枪，我睡的床下枕头下也都是各式各样的塑料手枪。你千万别把我的癖好跟某种深刻的东西联系起来。有一个冒充心理学专家的人跑来对我说，你的潜意识中藏着杀人的欲望。我对他说你别放屁。他说我没说你杀了人只是分析你的潜意识。我随手抓起一支塑料手枪顶住他的脑门，我说你滚吧，要不然我开枪杀了你，他一边退一边说，你看看你看看我没分析错吧，你真的想杀人。

关于雷鸟

有一天雷鸟带了一个女孩来，他们手牵着手纯情得像琼瑶小说里的人物。女孩穿黑衣黑裙，长脖上佩着一串贝壳项链，她进来以后始终微蹙细眉，好像肠胃不适的样子。雷鸟向我介绍说："这就是悲伤少女，你一定听说过她。"我说："听说过没见过，我是麦克白斯。"女孩终于一笑，"一样的，听说过没见过。"雷鸟说："为这次历史性的会见，你总得准备点喝的吧?"

我到厨房里找出了一瓶白酒倒在玻璃杯里,然后兑上醋和自来水。我只能这样招待他们。

"这是马提尼酒,"我说,"我爷爷的战友从美国带回来的。"

"我不喝酒。"女孩说,"给我一杯西柚汁。"

"我没有西柚汁只有马提尼。"我不知道西柚汁是何物。

"喝一点吧,海明威就喝马提尼。"雷鸟饮了一大口,他皱皱眉头,"这酒味道好怪。"

"好酒味道都怪。"

"真正的美国味道,独具一格。"雷鸟又说,"习惯了就好了,就像真理从谬误中脱胎一样。"

这时候我忍不住笑起来,我忍不住只能跑到厕所里笑,笑得发狂。这本没什么好笑的但我忍不住,有时候笑仅仅是一种需要,雷鸟跑来推门,推不开,他说:"你疯了,关在厕所里傻笑?"我喘着气说:"二锅头。"我想告诉他那只是一瓶劣质二锅头,想想又没必要澄清事实。我又纠正过来,"肚子疼,你别管。"我把抽水马桶抽了一下两下三下,听见雷鸟隔着门说:"疯子,肚子疼好笑,这世界彻底垮掉了!"

雷鸟盘腿坐在草席上,像一名修炼千年的禅师给女孩布施禅机。而女孩明显地崇拜着雷鸟。女孩说,她梦见过一群萤火虫环绕着房子飞,梦醒后她发现房门被风吹开了。她说她在门前真的看见了萤火虫,但都死了,它们死在一堆,翅膀的光亮

平静如水

刺得她睁不开眼睛。你说这是预兆吗？女孩问雷鸟，你说这是什么预兆？

你要从萤火虫的身体上走过去，你需要那些光亮。雷鸟伸出他的熏黄的手按着女孩的头顶，你听见神的声音了吗？神让你跨过去。

听见了。女孩端坐着微闭双眼。我觉得她那个样子真是傻得可爱。过了一会儿她清醒过来，马上撅起嘴唇把雷鸟的手掌撩开，"你坏，你真坏。"然后她转过脸问我："你说那是预兆吗？那是什么预兆？"

"什么叫预兆？我不懂。"我说，"我没有看见过死萤火虫，死人倒见了不少。"

"恶心。"女孩不再理我。我不知道她说谁恶心，是我还是死人恶心？我觉得她才恶心，拿萤火虫当第八个五年计划来讨论。

后来雷鸟提醒我去楼下取信和报纸。这是早已暗示过的，他说必须给他们留下一段自由活动时间。十分钟左右就行。但是那天我取信时碰到一件倒霉事。我发现我的信箱遭到了一次火灾，不知是谁朝里面扔了火种，把信和报纸都烧成了焦叶。"谁烧我的信了？"我敲着铁皮信箱喊。没人理睬，太阳大楼里空寂无人。我发现其他的信箱好端端的，就认识到事情的蹊跷性。谁这么恨我要烧我的信箱？我一时找不到答案，只能从口袋里掏出一盒火柴，我把火柴擦着了，小心翼翼地丢进每一个信箱。要烧就一起烧吧，这样合情合理一些。然后我往楼上走，我突然怀疑那是雷鸟干的。你知道他会干出各种惊世骇俗的事情引起女孩们的注意。我杀回我的房间推卧室的门，推不开。我听见里面发生了一场转折，女孩正嘤嘤地哭，夹杂着玻璃粉碎的声音，好像我的酒杯又让雷鸟砸碎了。我刚要打门门却开了，女孩双手掩面冲出来往门外跑，贝壳项链被扯断了，贝壳儿一个一个往下掉。"怎么啦？"我说。"恶心！"女孩边喊边哭夺门而出。我走进去看见雷鸟脸色苍白地坐在气垫床上，抓着他的裤头悲痛欲绝的样子。这样一来我倒忘了自己的痛苦，我抚着雷鸟的肩膀说："到底怎么啦？"

雷鸟继续砸我的玻璃杯，猛然大吼一声。

"碎了，都碎了吧！"

"别砸了，"我说，"要砸砸你自己的手表。"

"她竟然不是处女。"雷鸟抱住头。

"没有点地梅开放？"

"我没有准备，我以为她天生是属于我的。"

"听说这年头处女比黄金还少。"

"你滚，你根本不懂我的痛苦。"雷鸟推我走。我看了眼那只红蓝双色的气垫床，它正嗞嗞地往外漏气，痛苦的诗人雷鸟坐着屁股一点一点地下陷。我忍不住又想笑，又想明白他们的是非。

"那女孩叫什么名字。"

"没名字，就叫悲伤少女。"雷鸟摇摇头，"不，不是，她叫淫荡少女。"

平静如水　　163

"你认识她多久了?"

"三天。"

"在哪里认识的?"

"江滨公园诗人角。"

"这就行了,明天再去诗人角领一个回来,最好物色一个十五岁的女学生。"

"胡说八道。"雷鸟绝望地看着我说,"人类的胡说八道使我们背离了真理。"

事情到这里还没有交代完。几天后我去工人俱乐部游泳时,碰到了悲伤少女。游泳池也是悲伤少女纵横驰骋的世界。我注意到她的新同伴,一个墨镜青年,他有着发达的肌肉和橄榄色皮肤,很有点男子汉的样子,至少比雷鸟强多了。他们似乎在比赛自由泳,像两条恋爱中的鱼类互相追逐。悲伤少女看见我就惊叫起来,她朝我游来,抓着水泥栏杆,两只脚仍然拍打着水。她晃着身体对我说,雷鸟为我发疯了,我怕他干出什么蠢事,你劝劝他吧。我说关我什么事,我才不管别人疯不疯,我不疯就算幸运了。她说你这人真冷漠。我说你如果要我劝他可以,不过你要告诉我一件事。什么事?你告诉我谁是你的第一个男人。她惊叫起来,恶心,你们男人真恶心。然后她皱了皱可爱的小蒜鼻哗啦一声游走了。游到池子中心,她回过头冲我喊:"去你妈的破诗人,我再也不想见他了!"

在游泳池里,我得出一个结论,悲伤少女一点也不悲伤,就像猪肉罐头实际是猪油罐头一样,这是光明正大的骗局。但是我想雷鸟迷上那个女孩自有道理，她确实让你着迷（后来我看见她爬上五米跳台跳了一个飞燕展翅），再说做男人就应该为女人发一次疯，至少一次。我对此没有异议，但我准备过几年再发这种疯，因为一九八七年我心态失常，看见每一个人都来气。

我和谁去打离婚

我们办公室的电话经常串线，你拿起话筒经常听见对方问喂喂你是妇产医院吗你是搬运公司吗甚至问你是火葬场吗？有一个男人明知打错了还对你喋喋不休，试图跟你讨论天气和物价等等社会问题。我从不厌烦这种电话，兴致好的时候我以假乱真跟陌生人聊天，我认为这是城市文明的具体表现。我们不应该拒绝文明。有一回我接到一个女人的电话。女人先用沙哑的嗓音问，你是谁？我说我是我。她说你就是小李吧，我说我当然算小李。女人立刻愤怒起来，李秃子，我们马上去法院打离婚。我说马上就去太着急了吧？她说，马上，我一天也忍不下去了。我抓着话筒一时不知怎么谈下去，然后我听见女人在电线里轻轻叹了一口气说，明天去也行，我们先找个地方谈谈条件。我说去哪里谈呢？她果断地说江滨咖啡馆吧，十点钟不见不散。

我挂断这个电话，看看墙上的挂钟已经九点半了。我想我既然扮演了李秃子，就应该看看谁要跟李秃子离婚。我跟领导请了假,他说你又要干什么。我说去离婚。他瞪着我摸不着头脑。我蹬上自行车就往江边跑,我觉得我的头发正一根一根地脱落,我正在变成那个女人的李秃子。这种感觉又新奇又有趣。

江滨咖啡馆很冷清,咖啡馆总是到晚上才热闹起来。我找个靠窗的位置坐下,叫了两杯咖啡。咖啡味道像咳嗽糖浆的味道,让你浅尝辄止。我看见一个穿紫红色风衣的女人走进来,她披头散发,神色憔悴,只扫了我一眼就匆匆走过,坐到我后面的位子上去。这真是戏剧意义上的擦肩而过。我没法喊住她,她注定要白等一场。我想这不是我的责任而是电话的罪过,谁让接线员乱接线头呢?

窗子对着江水,江水浑黄向下游流去。许多驳船、油轮和小游艇集结在码头边整装待发。在你的视线里总能看到某只孤单的江鸥飞得乱七八糟毫无目的。你坐着的地方被称做江滨,江对面却是一排连绵的土褐色山峰。我没去过那里,我想如果坐在山上眺望江这面就是另外一种生活。

一个人喝一杯咳嗽糖浆足够了,我把另一杯递给隔座的女人。她当时正埋头抚弄手腕上的手镯,手镯一共有四只,一双金的一双银的。她用金手镯撞银手镯,发出清脆的一声响,然后她抬起头眯着眼睛看我,她好像刚睡醒的样子,眼泡有点浮肿,但她的嘴唇红得像火马上要燃烧起来。我为她的嘴唇感到吃惊。

"我不喝,我等人。"她把杯子推推,用双手托住下巴。

"等谁?"

"你别管,你是谁?"

"丈夫。"

"你说什么?"

"没什么,我说我是别人的丈夫。"

"你真他妈无聊。"

"我看你比我更无聊。我从你眼睛看出来了。"

"小伙子别白费劲了,你怎么缠我也不会跟你上床。"

"不是这个问题,主要是孤独的问题。"

"孤独是什么玩意?我看世界上只有两个问题。"

"两个问题?"

"一个是钱,一个是上床。"

"那么对于你这两个问题都解决了吗?"

"没有。"她格格笑了一声,突然朝我瞪了一眼,"行了,别缠我,我快累死了。"

"所以你要离婚?"

"你怎么知道?"她惊叫。

"我是东方大神仙,什么事都逃不过我的八卦牌阵,你要见见我的八卦牌阵吗?"

"在床上?"她斜睨着我。

"在哪里都行,只要你心诚。"

"你这人还有点意思,下次我愿意和你约会。"她的红唇嘟起来做了一个接吻的姿势,"不过现在你还是走吧,我要在这里跟李秃子谈条件,离婚条件。"

"祝你成功。"我走出江滨咖啡馆时,心中有点歉疚。骗人总是不太好的事情,尤其是欺骗一位有着火红嘴唇的性感女人。但是我说过问题不在这里,问题在于孤独。只要有办法把那堆孤独屎壳郎从脚边踢走,就是让我去杀人放火也在所不辞。

一九八七年

你知道一九八七年是什么年?

国际住房年。

不对。再想想。

残疾人年。要不就是旅游年。

不对不对。一九八七年是倒卖中国年。雷鸟早晨醒来的头一句话就给一九八七年做了定论。阳光晒在雷鸟的屁股上,他从枕头底下掏出一个蓝色塑料卡说,我拿到了。

什么?

翅膀。他做了个飞翔的动作,我拿到了护照。

可以去美国了吗?

还差一只翅膀,现在就等签证了。

就这样倒卖中国?

对,就像倒卖一辆汽车。你把车上的发动机、电瓶甚至刮雨器点火器都拆下来,留下那只方向盘给他们,然后你打碎车窗玻璃跳出来。人人都这么干,不干白不干。

说到汽车不妨讲两个汽车故事。讲这些故事的人无疑是诗人雷鸟,他给这些故事取名为汽车英雄之一之二等等。

之 一

雷鸟说有一个美国孩子乔和一辆叫鹰的小汽车,他们是一对好朋友。乔十岁那年跟着父母坐着鹰去海滨度假,乔不想去海滨而想去爬山,但他父亲把他绑在车座上强拉到海滨去了。乔就想杀了他父亲母亲跟鹰一起去爬山。他一个人坐在旅馆里想着种种办法,种种办法都不行,他太小还杀不了谁。于是乔就看着他的好朋友鹰,乔总是通过凝视鹰与鹰达到神秘的交流。乔坐在旅馆窗台上,鹰停在海滩上,而乔的父母躺在十米开外的沙滩上晒浴,乔感觉到鹰渐渐听懂了他的语言,因为在他的凝视中鹰正在自动地启动点火,鹰猛地发出一声轰鸣,朝前冲出去。乔用目光牵引着鹰把它引向十米开外的沙滩上,乔看见鹰朝他的父母扑过去,他的父母像两只锦鸡被撞飞起来又重重地倒在血泊之中。乔一下子从窗台上跳下来拍手高喊,好样的,鹰!把他们撞到海里去!

你胡说八道。听故事的人皱着眉头捂雷鸟的嘴。这叫什么故事?可怕,太不真实了。

这才是故事,可怕的才叫故事。雷鸟说。

后来呢?听故事的人又问。

后来乔就跟着鹰去登山了。山是万仞雪山,很高很陡,盘山公路到一千米处就消失了。乔想下山,但鹰却借着惯性往前奔驰。乔无法把握鹰,他想跳车但打不开车门,乔说,鹰,你停停,让我下车。可是乔能让鹰自动点火却不能让鹰停止奔驰,就这样鹰载着乔一直冲上山顶悬崖,掉进峡谷。我当时正在训练高山滑雪,亲眼看见他们从悬崖上掉下去,慢慢地掉下去,好像树冠上的一片叶子慢慢地掉下去,那情景无比优美。

乔和鹰都死了?

死了。故事一般来说都以死作为结束。雷鸟最后说。

之 二

再讲一个轻松的,雷鸟说。故事发生的地点就在我们城市。有一个人姓张,张想发财,于是就学习做汽车生意,张不知道外面有将近五千万的中国人也在参与汽车生意。张的朋友王手上有一辆尼桑,想以十八万卖给张,张就说车呢?带我去看看车。王说用不着看车,你只要找到买主就行,你可以把价钱加到十九万。王告诉张那辆车的登记号是五四七七八一八四。张于是到处去找买主,但他发现市场上都是卖主。又有一个朋友李来找张,说有一辆尼桑想以二十万出手给张,问张要不要。张说我自己手上也有辆尼桑只要十九万出手,问李要不要。李说要了,李问张登记号,张说是五四七七八一八四。李就大叫起来,出鬼了,怎么是一辆车?我们兜售的是同一辆车啊!

张和李同时去找他们的卖主王和赵。王和赵也不清楚，王和赵又去找孙和钱，最后发现问题出在头一个卖主吴身上。吴当时已经蹲了号子，吴是个诈骗犯。传讯吴时，吴坦白说他手上没有尼桑车，他不过是跟那些想发财的人开个玩笑。他说车号码是他现编的，用他家乡的方言念出来就是无此汽车不要发财的意思。结果审讯员认为他的本意是好的，只是劝世方法欠妥，后来提前释放了吴。吴出狱后以尼桑大王美称誉满全城。他还是经常向你兜售汽车，但车牌号都是一样的，五四七七八一八四。

五四七七八一八四。听故事的人笑着重复一遍。

对了。雷鸟说，无此汽车不要发财。

关 于 雷 鸟

关于雷鸟这个人物，到现在大约只写了一半。

用社会学的观点看雷鸟是一个失业者。简单地说雷鸟曾经是深圳某皮包公司的皮包客，但是他不知怎么把唯一的皮包也给弄掉了。有人告诉我说雷鸟跟一个身份不明的女人在经理的办公桌上胡搞了一夜，早晨该醒的时候醒不来，结果光溜溜地让人拿住了。这如果是真的也许就是雷鸟失业的原因，但不一定是全部，我想问题关键在于他不想好好地活着，他不要过寻常生活，他喜欢躺着走路站着睡觉你有什么办法？

雷鸟告诉我他没有钱了。我说你从来就没有有钱的时候。

他说不不我从深圳回来的时候带了一万元还有一台松下录像机。我问他钱呢录像机呢？他说录像机让公安局没收了。"那么钱呢？"他抓着头皮嘶嘶地吐出一口凉气，"记不得怎么花的，反正两个月内稀里糊涂就光了。"我只能笑笑说你他妈是个贫穷的贵族。他想了想说："我还有两千美元，美元我不会乱花的，反正我迟早要去美国。我要准备一张北京到旧金山的飞机票，还要准备在美国头一个月的生活费。你说两千美元够吗？"我说我不知道。然后雷鸟漫不经心对我说："如果有一天我出了意外，你来给我收尸，收尸费是两千美元，你会从我上衣暗袋里找到的。"

那天雷鸟就坐在我现在坐的位子上写的账单。这份账单到一九八八年夏天依然夹在玻璃板下面，纸角已经微微发黄。账单的正面是他借我钱的借条，反面是他回忆那一万元钱支出的清单，写得乱七八糟。

账单正面写道：

雷鸟今日穷困潦倒，借李多人民币两千元，一九八八年内定以四千美元还清。

诗人雷鸟×月×日

账单反面的字迹很潦草，我只能辨个大概，复制如下：

一、汽车生意，老朱好处费八百元，旅费一千元。

二、自费出版诗集《世纪末》交出版社四千元。

三、给妮妮营养费一千元，给小亚营养费五百元。

四、去青岛避暑共计花掉一千元。

五、大陆酒吧一股八百元什么时候能收到一万股息呢？

六、还有钱上哪里去了？

还有钱上哪里去了？天知道，账单写得通俗易懂。唯一需要解释的是第三笔支出。雷鸟告诉过我他几乎同时让两个女孩怀了孕，不言而喻了，那两笔营养费实际上是堕胎费。我想小亚的心地要善良一些，她只要了五百元。

我记得那天夜里下起了雨，雷鸟坐在气垫床上，侧着脸看窗玻璃。窗玻璃上的雨水像蚯蚓一样慢慢滑落，我看见一张憔悴苍白的脸映在上面漂浮不定，那是雷鸟，他端坐着倾听雨声，突然说了句没头没脑的话，"你不知道以前我是个多么好的孩子。"我看着他缓缓地站起来，像大病初愈的样子，他走到门口的时候，又回过头说："你能不能借我两件东西？"我说："什么？""一件雨衣。"他看着我的眼睛说，"我要去车站。"我把雨衣给了他，"还要什么？"他抓着雨衣揉着却不说话，过了半晌他转过身子背对着我，"李多，我等五秒钟，我们谁也别看谁。你要是不愿意借就别说话，我马上走。"我说你他妈痛快点到底要什么？我听见他呻吟了一声，然后含混地吐出几个字，"钱，两千元钱。"他的肩头这时候莫名其妙地颤了一下。

我大概是到了第五秒钟时说的。我拿不定主意。

"你去哪里?"

"上海,去美国领事馆办签证。"

"现在就去?"

"现在就去,不能再等了。"

我还想问他什么,但最后什么也没说。我把我爷爷给我的所有钱都给了他。雷鸟把它们装在黑色公文包里,然后他把那张借条给我,"我知道你不会拒绝一个落魄的诗人,刚才我就把借条写好了。"我接过借条,看见的就是雷鸟最后的杰作。当时我不知道,现在想想,那张反面写满钱的小格纸真的是雷鸟最后的杰作了。

从太阳大楼的窗口望出去,雷鸟披着雨衣在雨里走,朦胧的街灯在夜雨里产生了幻光。我看见雷鸟朝火车站方向走,雷鸟遍体发蓝,形象古怪,仿佛一个梦游者。后来那个人影渐渐模糊,我看见他变成一只萤火虫朝车站的灯光飞去。

故事和传闻

男孩住在城西干道右侧的新公寓中。

男孩十四岁,是个聪明的中学生。他的功课很好,人们说如果他没有养四缸金鱼的话,他的功课会更好。但是谁都知道你无法阻止男孩的这个癖好,他对金鱼的迷恋已到了无可救药的地步。他们说男孩的四缸金鱼确实很漂亮,其中有一缸是珍贵的"绒球"。现在你花多少钱也觅不到那样好的"绒球"了。

问题也就出在那缸金鱼上。讲故事的人认为最美丽的东西往往也是最危险的,它是一切灾祸的起源。他说只要有那缸金鱼,城西干道的悲剧迟早会发生,即使一九八七年太平无事,到二〇〇〇年也会发生。

男孩的姐姐是受害者。男孩的姐姐正当恋爱的年龄,她有一头漂亮的乌褐色的长发。当她出门与男友约会前,总是用梳子把长发梳得让人心跳。那天傍晚,她听见男友的摩托停在楼下鸣笛三声,她有点心慌,跑到窗前朝楼下张望。这时候插在女孩头发上的塑料梳子掉进了鱼缸里,女孩没有察觉,女孩即使察觉了也来不及去把梳子捞起来。

女孩深夜回家时,看见弟弟坐在门槛上,手里捏着一把什么东西,女孩觉得弟弟的脸色很可怕,但她没有产生恐惧感,弟弟只有十四岁。她摸摸弟弟的脑门,但温柔的手却被他的肘部拱开了。

"怎么啦?"

"我的鱼死了。"

"怎么啦?"

"你把梳子放进缸里了。"

"梳子?"姐姐想了想有点不安,然后她纠正说,"不是放进去的,是不小心掉进去的。"

"不,是你把梳子放进缸里的。"

"你真有意思。"姐姐摸摸弟弟的头,"那好吧,就算我放进去的,明天我赔你一缸金鱼怎么样?"

"那是'绒球',世界上只有十一条了。"

"这是人家骗你的话。你别相信。"

"反正是你把我的鱼弄死的。你为什么要弄死我的鱼?"

"鱼已经死了,你要我怎么办?"

男孩摊开了紧握的手掌,他凝视着手上两条死鱼,然后一字一句地说:"我要你把它们救活,要是救不活就吃到肚子里去。"

男孩的姐姐闻到了死鱼发出的腥臭味,她干呕了一声就跑到自己的房间里去,没有再理睬她弟弟。她想睡觉,她那个年龄的女孩总是想睡觉。

女孩是在半夜里被惊醒的,在睡梦中她闻见一股腥臭味贴着她久久不散,她睁开眼睛看见弟弟跪在她床上,正朝她的嘴里塞那两条死鱼。姐姐尖叫了一声,打了弟弟一个耳光,而后她突然发现弟弟已经长大了,他的劲很大,两只手顽强地掰着她的嘴,要把死鱼塞进去。姐姐一边挣扎,一边喊父母,但她的嘴被死鱼压迫着喊不出声来。男孩说你再喊我就杀了你。姐姐的眼泪流了出来,她想说弟弟你真没良心我那么喜欢你,可是话没说出来她觉得腹部被尖利的锐器刺穿了。姐姐不相信这是事实,她抬起身子看了看,确确实实有一把水果刀插在她的腹部。然后她终于张开嘴,她把两条死鱼咽了进去。

姐姐死了吗?

不知道。

那男孩呢？

我看见他的父母哭哭啼啼把他送上警车。他上警车的时候手里还拿着一杆纱兜，像要去郊外池塘捞鱼虫。

我的街头奇遇很有意思

到了一九八七年，我们城市的大街小巷出现了无数桌球摊子，它们一般摆在广场角落或者人行道或者某棵幸存的老树下。少年们和结了婚的男人都玩桌球，他们穿着背心短裤和拖鞋，每人手里抓着一根擀面杖，他们一边打着酒嗝一边把桌球撞来撞去，这是一九八七年最为风靡的游戏。我这么描述街头桌球明显带有恶意，因为我在电视里见过美国人打桌球，他们在高级俱乐部里打，他们西装革履文质彬彬地击球，他们轻轻地带有淡型香味地击球，可不像我们这样大声吵嚷，作风粗暴。

我这么比较时心里很难过，我不愿去任何桌球摊子玩，我情愿做出无家可归的样子在街上乱走。我希望有一次艳遇或者别的什么奇遇，但说不清是什么性质什么内容。所以有一天我就走到工商银行门口，听见大楼深处发出一声巨响，紧接着好多人夹着皮包逃出来喊爆炸啦爆炸啦。我扯住一个人的手问，什么爆炸啦？他说银行爆炸啦快跑吧，他脸上有一种喜悦的慌乱，让我很疑惑。我又去抓另一位老人的包问什么爆炸啦，他朝我的手瞪了一眼，警惕地把我的手拨开，然后说什么爆炸啦钞票爆炸啦。我笑起来我说钞票爆炸我怎么办我在里面存了五万元呢。第三个人对第四个人说咱们先别动等楼塌了咱们冲进去一人抢它十万元再走。第四个人说这年头就指望银行爆炸啦我才不走呢。我看见他们都站在人行道上等待着，神情既紧张又兴奋。我们一起竖着耳朵听，结果什么也没发生。一个银行女职员跑到台阶上喊："顾客们别走，刚才是电子分理仪出故障了，不是爆炸。你们都回来，该存钱的存钱，该取钱的取钱。"

我不知道电子分理仪是什么玩意，我站了一会儿看着银行的茶色玻璃门又乒乒乓乓开开关关的，外面的人缩着脖子都拥进去。我想既然银行没爆炸再站着也没意思了，于是我就走过这条街口朝那条街口走。

一九八七年我就是这样从这条街口朝那条街口走，路过太阳裙、奔裤、力士香皂、男宝、雀巢咖啡、组合音响、意大利柚木家具、有奖储蓄、性知识宣传栏和崔健的《一无所有》等数不清的歌曲盒带。我停下来抱住双臂欣赏它们，但这不说明我喜欢它们，我不喜欢它们但我想研究研究。

有一天我遇到一个中年男人问路，他说殡仪馆往哪里走。我说干嘛要去殡仪馆呢你可以去新世纪游乐场玩玩。他说我没心思玩我妈妈死了。我说你妈妈死了你可还活着，你可以去游乐场坐过山车玩，尝尝人体失重的滋味。那个男人悲愤地看着我说："别拿死者开心请告诉我殡仪馆怎么走？"我想了想让他去坐八路汽车到人民街站，我让他往后走一百米，进左侧的白色栅栏门。然后我就从这条街口往下一条街口走，你知道我说的那个地点其实是妇产医院。我并不想作弄那个悲愤的男人，我想他一旦走进妇产医院就会明白我指的路是唯一正确的。人死了又会诞生，没有什么了不起的。

有一天我碰见三个女孩在东方饭店门口朝我吹口哨。她们涂脂抹粉穿着短裙以六条白藕似的腿蛊惑人心。她们故作老练但一笑起来就露出几颗稚嫩的虎牙。我也朝她们吹口哨，我又不是吹不过她们我干嘛不吹？我听见一个女孩对我唱："哥哥你过来小妹有话对你说。"我摇着肩膀走过去，我认为在女孩面前男人一定要摇着肩膀走路。三个女孩嘻嘻笑着，她们问我她们三个人谁最漂亮，我说都差不多，比癞蛤蟆漂亮多了。三个女孩嘻嘻笑着，唱歌的问我那么我们三个谁最性感呢？我说可能是你吧。她怪叫了一声说你真伟大你还挺有眼力的。我说我在床上更伟大你相信吗？她疯笑起来，笑得短裙像伞一样张开着。她说，床上？床上可不行，你有外汇券吗？我说可以兑换一比一点八吧。她说钱可以兑换脸没法兑换我就喜欢黄头发蓝眼睛的。我说那就没有办法了，你这条舔狐臭的小母狗。我又摇着肩膀往前走。那女孩醒过神来喊你他妈骂谁？我说骂你骂你们全世界。我并不想骂女孩但不知怎么就骂开了。我听见另外两个女孩朝我唾了一口：神经病。

神经病。我想这个判断对好多人都适用。神经病与正常人之间有一条自由抵达的通道，好多人都在那道上走，就像在深圳沙头角的中英街上，你没有理由阻止那种危险的行走。那么我是神经病吗？我想我不是，我想我要是神经病，就带着我的塑料手枪去天安门广场指挥交通,让汽车在空中飞,让行人倒退走路,让自行车像狗熊一样抬起前轮只准用后轮滚动。我想想我的念头真无聊,我还是利用我做正常人的大好时光,在街上多溜达几趟吧。

(你走着走着就回到了故事开头的地方,你走到了被废弃的旧火车站。那是读者难忘的经常发生倒霉事的地方。)

有一天我站在旧火车站前看见车站前面竖起了一块大铁牌。牌子上用红漆写着:"本车站停止运行车辆,闲人免进!"我心里有一种幸灾乐祸的快感,这种感觉来自我对旧车站的阴暗的记忆,我想起我最心爱的塑料手枪就是在这里被没收了,它现在不知被糟蹋成了什么样子?还有雨伞,不知是哪只臭手撑着我丢失的伞?

我用手推了推旧候车室的大铁门,门虚掩着。我被某种欲望驱使着,我进去冲着墙上的铁路干线图撒了一泡尿,等我心满意足地系好裤扣时,猛地发现一个人正冲着我笑。那个人坐在一块水泥预制板上喝酒,嘴里嚼着肉骨头。我一下子认出他就是曾扣押过我的站警,他独自在凌乱的废墟中喝得快快活活红头紫脸的。这种不同凡响之处使我对他尽释前嫌备感亲切,我朝他走过去,我以一个标准酒鬼的醉步走过去坐在他身旁,抓住那瓶洋河大曲的瓶颈。我对他说:"你好,警察叔叔。"

"什么好不好的,废话。"他把一只烧鸡翅膀撕下来给我,"烟酒不分家,想喝就喝吧。"

"你的警服呢?"我说,"你怎么不穿警服了呢?"

"交上去了,我不干那一行了,他们让我看着这破车站。我他妈成了看门老头了。"

"当警察看大门一样,都是为人民服务。"

"我为人民服务谁为我服务?烧鸡要五块钱一斤。"他嘟嘟囔囔地说,然后他突然盯着我,"喂,你的脸好熟,你是贩烟的小马吗?"

我想了想说是的,我就是贩烟的小马。

"现在完了,火车没了什么也带不过来了。"他叹息了一声,把另一只烧鸡翅膀狠狠地摔在地上,"枪也没了,警棍也没了,还能做什么?操他妈的!"

我耐心地听老警察诉苦,我看着他的鲜红的布满皱纹的脸,那脸上有一种诚挚的悲伤使人顿生怜悯之心,于是我不停地给他斟酒,直到他灌出了眼泪,他含着泪微笑着对我说:"我知道你私通列车员贩烟,但我没办过你的案,我从来没办过你的案子。"

我说我知道你是想挽救我,我虽然犯过一些小错误,但总的来说还算是个好人。

"我不管你是个好人坏人,反正我卸下白皮来喝酒,酒桌上都是朋友。"

我说没错啊,我们的朋友遍天下,我们的好酒到处流。

"小伙子你多大了?"

"不记得了。我好像活了很长时间了,都有点腻味啦。"

"可别这么说,你还年轻呢,好好混出头就不腻了,先混

平静如水   181

党票，再混老婆；先混房子，再混煤气；先混名再混利，混到七十岁混个厅局级就有小车接小车送了。什么人都一样，只要会混就不腻味，怕就怕你不会混，落得个我一样的下场，守着烂车站喝闷酒。呸，我操他妈！"

我听见他的肠胃咕噜了一阵，紧接着放了一个屁。我们沉默了一会儿，各自回忆旧车站的辉煌历史。我在强烈的酒精味中眯起眼睛，看见我躺在对面的长椅上睡觉，一个白衣警察站在我身边用警棍敲敲我的脑袋："起来，跟我走一趟！"这就是城市中一个人与另一个人的会面，而我现在跟他一起坐在废墟上喝酒喝得肝胆相照！你说不清哪一种会面更具真实意义，真的说不清。更有意味的事情是在我们分手的时候，老警察从坐着的工具箱里抽出一把雨伞放在我的左手，又摸出一把玩具手枪放到我的右手上。他说这两样东西都是以前从社会渣滓手里缴来的，送我做个纪念。

"天气预报说今天有雨，带上这把伞吧。"老警察说。

"你别瞧不上这玩具枪，外面坏人多，有一把假枪总比没有强，带上这把枪吧。"老警察又说。

我收下了这两件礼物。凭着直觉我就知道那是我半年前遗失了的东西，但是我什么也没说。我拍了拍老警察的肩膀说继续喝吧就走出了旧火车站。外面阳光灿烂，没有任何下雨的预兆，广场上的水果摊贩们看见我对着阳光打开了雨伞，他们看我的眼神很惊疑。我理解他们，但这事跟他们没有关系，我觉得天上在下雨，我觉得雨点打在我脸上酸溜溜的，我快受不了啦。

关 于 雷 鸟

雷鸟一去没音讯，让人很牵挂。我牵挂的倒不是他，而是我借他的那笔钱。我有点后悔我当时的侠义心肠，都说钱到了雷鸟手里就掉进了无底洞，那穷光蛋花起钱来比希腊女船王还要气派。

国庆节前我突然收到了雷鸟的信，信封上端印着绿乡饭店的徽记。我看了看邮戳，邮戳是宁夏银川的，我弄不懂雷鸟又发了什么神经跑到银川去？

李多：

你好，首先致以曼哈顿的敬礼！

我在上海等了三个月，运气不好，至今没办好签证。美国领事馆的先生们有眼无珠，他们以为我是想去新大陆发洋财的低级华人。我每天凌晨二点就去排队，排到了就隔着个药房式的小窗跟领事谈话。他们对我问这问那，却不想听听我的想法。我跟他们怎么也解释不清我的种种抱负。最后他们喊："下一个。"我就被打发回了老家。你不知道有多少人在排队等签证，男男女女老老少少就像逃荒一样。有一天下大雨，人比往日更多，你知道为什么？每人都觉得下雨别人不会去，结果每个人都去了。那天我站在一边看，看着那些被雨淋坏了的一张张发青发紫的脸，一种巨大的悲哀攫住了我，我就站在雨中大哭起来。好多人过来安慰我说别伤心别哭了有人等了三年才办到签证呢！我推开他们坐下来哭，去你妈的！他们也不生气，他们以为我疯了。商量着去叫警察来。但是我不到美国绝不发疯。我在上海苦等了三个月，认识了一个女孩，她就是神秘女孩，你可能听说过。依我看她是世界上最具魅力的女孩，我一下子陷了进去。我暂时没有办法想其他的事，只想跟她上床。现在我们已经从上海飞到宁夏，然后去内蒙，然后取道兰州去丝绸之路坐骆驼。除了去美国，这是第二件有意义的事。我们爱得要发疯了。你不知道神秘女孩有多么迷人。我现在通过神秘女孩的朋友打通去美国的渠道，如果顺利的话一九八八年春节可以飞纽约。只要我到了美国，肯定驾驶私人飞机来接你，请你准备好行装吧。

握握手！

诗人雷鸟
一九八七年九月二十日

我是梯子管理员

傍晚我回到太阳大楼，看见一个中年女人在前面的楼梯上走。我发现她东张西望，像是来找人的。我走过她身边时问你找谁？她摇摇头说了两字："梯子。""妻子？"我说你怎么找妻子？她笑起来，又说了一遍："梯，子。我找梯子。"

那是个干瘦的矮小的女人，我注意到她的徐娘半老风韵犹存的气质。我觉得一个寻找梯子的女人是很奇怪的，这也表现在她的恍惚的眼神里，还有她手上那只草编提包。我正好俯身看清了包里的东西，包里什么也没有，只有半块被啃过的面包。我没有再说话，我没有精力去管别人的闲事了。

半个小时后，我听见有人敲我的门。我打开门，发现那个女人站在门口，她的嘴唇艰难地动了动，浮出一丝微笑。

"梯子。"

"我不知道。我不是梯子保管员。"

"你能给我一架梯子吗？"

"你要梯子干什么？"

"上楼顶。"

"上楼顶干什么？"

"什么也不干，请你给我一架梯子吧。"

"我知道你想干什么！"我把她推了推，然后砰地撞上门，我实在不愿意见到那女人了。我不明白那些莫名其妙的人为什么老来纠缠我，难道他们看出我是他们的同类吗？他们真是瞎了狗眼，我是什么人自己心里明白，我不要任何人介入我的生活。他们要死要活随便，但不要来拉我做垫脚石，我就愿意这样安安静静自由自在地活着。

那天我心情不好，整个一九八七年我老是心情不好。后来我躺下准备睡觉了,听见楼道里依然徘徊着那个女人的脚步声,咯、咯、咯,她还穿着讨厌的高跟鞋。我睡不着觉就会生气,我冲出去准备把梯子扔给她然后痛骂她一顿,但是楼道里空无一人了,电灯光昏暗地照着地上的一小块面包。咯咯咯,那个女人在往下走。"给你梯子!"我喊了一声,无人答应,我的声音把自己吓了一跳。

×月×日报纸标题摘要

我把这些报纸上的语言作为故事的一节,请你原谅。

《中国青年报》
我国青年关心的问题:机会不均等
要求改革使人人有公平竞争的环境

《文汇报》
新疆百岁老人的奥秘揭开了
　　长寿的共同特点:环境良好,饮食适当,参加劳动,精神乐观

《新华日报》
怪事:
工商局长坐牢受礼比办喜事热闹

《人民日报》

大型电视片《万里长城》摄制完成

《生活周报》

周璇遗产之谜

周璇遗产纠纷众说不一，我们尊重历史和事实，期待着神圣的法律作出公正的回答。

《扬子晚报》

杀人抢劫犯于双戈昨天落入法网

《今晚报》

夫妻之间关系需要调适

关于雷鸟

我记得那天是个什么节日，我收到一位窈窕淑女的请柬，去一个我不认识的地方参加冷餐会。我找到那个地方时天已经黑了，一个狭窄的小屋里挤满了形形色色的脸。有人问了我的名字，然后说久仰久仰见到你很高兴。我不知道他久仰我的什么东西，反正我肚子饿了，我坐到桌前就朝盆里伸手。

女主人很怜爱地看着我，递给我一块粉红色的纸巾。"卫生纸？"我说，"我不上厕所。"她的脸涨得通红，她说你这人真可恶，你明明知道这是餐纸。我吃了几下就饱了。那些所谓的冷餐集中了中国最难吃的食品，诸如午餐肉、黄豆、青豆之类的。我想对他们说没有洋腔就不要放洋屁，开什么冷餐会？但是话说回来我自己也一样，我也经常开这种冷餐会填那些混蛋的肚子。

屋里没点灯，只是四角点着几根蜡烛，所有人都席地而坐，那些年轻的脸在烛光的光线里苍白得赛过含冤的鬼魂，一个长发垂肩的男孩抱着吉他咔嚓地敲打，唱一首声嘶力竭的歌。我听清了歌词，是呼唤自由和爱情的，他身边的一个女孩双手托腮听得眼泪汪汪的，我认出来那是雷鸟的悲伤少女，可气的是我朝她眨眼睛她却假装不看见，她只顾着悲伤根本不想理睬我。我想着雷鸟，就听见那边有人在谈雷鸟。我钻过去，挨着一个颓废派诗人坐下，问，雷鸟现在怎么啦？

"死啦。"诗人做了一个飞翔的动作，"彻底超脱了。"

"别胡说。谁也没那么好死。"我揪了一把他的胡子，"雷鸟现在到美国了吗？"

"没到美国到了忘川。他在北京卧轨自杀了。"

我发现他不像是开玩笑，但我仍然不相信雷鸟没去美国却去卧轨了。我对弹吉他的男子吼："别他妈吵了，让人安静点。"他瞟了我一眼置之不理，咔嚓咔嚓，我就是在这种噪音中听到雷鸟的死讯的。

"雷鸟让一个上海女孩坑了,他给了女孩两千美元办签证,女孩拿了钱回上海就没有消息了。雷鸟找到上海,别人告诉他女孩去北京了。雷鸟找到北京,别人让他赶紧去机场,说女孩刚买好了去洛杉矶的机票,女孩要去自费留学了。雷鸟冲进候机室,正好看见那女孩拎着皮箱朝停机坪走。雷鸟朝女孩喊我操你个小婊子,女孩没听见,机场的人把他拦在安全门外。雷鸟说让我进去她骗了我两千美元。机场的人说我们不管骗子我们只管你的飞机票,雷鸟就骂他们你们也是小婊子你们全他妈是骗子,结果雷鸟让几个警察给架出来扔到候机室门外。我去机场送人的时候看见他坐在台阶上发疟疾似的浑身发抖,我问他等谁,他说等飞机,飞往洛杉矶的班机晚点半个世纪。我说是晚点半个小时吧,他点点头说对就是半个小时,你看我都糊涂了。我想一个等国际班机的人是会高兴得糊涂的,我真没想到雷鸟临死前还这样富有幽默感。过了几天我就听说他在西直门卧轨了。"

　　"就这样卧轨了?"我瞪着诗人焦黄的嘴唇问。

　　"就这样,血肉模糊的。"诗人转向我,以询问的口气说,"你的意思雷鸟应该选择别的死亡方式?服安眠药?割断静脉?还是跳楼?"

　　我沉默了一会儿,我突然不加控制地喊起来:

　　"怎么死都一样可他借我两千块钱怎么还?"

平静如水　　189

我做了一回死亡游戏

冬天的时候我陶醉在一个个胡思乱想中,你知道一九八七年的冬天很寂寞很无聊,我总是想制造一次极乐游戏,我不知道哪种事情能让我快乐到达极顶,我只能在实践中摸索。我曾经和一个志同道合的女孩在床上连续做爱了一整天,后来被我爷爷双双抓获了,他挥舞着拐杖把女孩赶出门,然后高举拐杖打我的屁股,他说你这伤风败俗的东西我白白教育了你二十年。我说你别打了我已经累了。他说以后还干不干坏事了?我说不干了,真的不干了。我不是骗他老人家,我真的不想做这游戏了,因为它太简单。我实在找不出更刺激的,想来想去也许应该死一次玩玩,我不想去死,只是想尝尝死亡的滋味,死一回试试吧。

我爬上太阳大楼楼顶是在黄昏时分,城市在夕阳的残照中显出一种温暖的橘色,城市很大,我很小,我站在楼顶上时觉得自己小得可怜,世上有好多对比让你鼻子发酸。我看见那只断腿椅子孤独地站在夕阳残照中,我头一次闻见木头的腐味。在平台接近水箱的水泥缝隙中插着那架彩色风车,风车一天天地旋转它怎么不停一停?现在没有风,风车依靠什么在旋转?这些神奇的事物你真是无法理解,它们折磨你纠缠你让你在一片片阴影中生活,我被它们害苦啦!我走到断腿椅子旁边端详了一会,我用劲把它端起来,那只椅子出奇的沉重,你想不到一只断腿椅子会那样沉重。我屏住呼吸把它搬到平台边缘,我吼了一声推出去,然后我就看见了断腿椅子迅速坠落撞破空气砰然落地的情景,它落地时发出一声巨大的轰鸣,就像地球爆炸的声音,同时我听见太阳大楼的许多窗户被推开,夹杂着一片惊惶的声音。有个妇女尖声大喊:"又有人跳楼啦!"

后来我抓住了那只风车,我正在数风车叶片的时候,从平台通口里爬上来一群人,他们都是太阳大楼的居民,抓住他!别让他跳!他们叫喊着朝我拥来,我摔下风车朝后退,我不知道他们为什么要来抓我,即使我真的要死与他们又有什么关系?别过来,你们别过来。我急中生智从口袋里掏出一把塑料枪对准他们,谁过来就杀了谁!他们果然停住了。我意识到那是一把塑料枪,它会喷火却不会发射子弹。于是我把枪对准自己的脑门。你们回家去,你们再不走我就开枪了。这时有个小男孩突然喊起来爸爸那是假的我也有那把枪。该死的小男孩一下暴露了天机,他们一窝蜂地冲上来想把我抱住,我朝楼下看了看,我不敢往下跳,我扣动了扳机,塑料手枪喷出一团火苗,脑门上滚烫滚烫的,这下我死了,我真的体验了一次死亡的感受。

结尾:一九八八年

譬如现在,蝉在一九八八年夏天依然鸣唱。

我在紫竹林精神病医院记完了去年的流水账,现在我平静

平静如水　　191

如水，你可以相信我的经历，你也可以不相信，医院外面的人纷纷传说一条可怕的消息，他们说李多患了精神病。

我是李多，但我不是精神病人。我现在远离了外面乱哄哄的世界，所以我说，平静如水。

（1988年）

你好，养蜂人

一个微雪的傍晚,我由东向西从火车站进入这个城市,走在西区空寂的街道上。我披着一件土黄色底角结满油垢的军大衣,我肩背桶形帆布包对这个城市东张西望。街灯在五点三十分骤然一闪,房屋与树木呈现出浑黄的轮廓。我看见地上的雪是薄绒般的一层,我的脚印紊乱地印在上面,朝城市的中心浮游过去,就像一条鱼。

我头一次见到了环形路口。人们骑着自行车或者坐在电车上朝四个方向经过组成一种陌生的生活规则。我绕着西区著名的环形路口走了一圈。我看见了巨大的花坛和美丽的雕塑耸立在路中心,矜持而静穆。喷泉在雪中溅出淡色水雾,冬青树蓊郁繁盛。你没有来过这里所以你来了这里。我听见一个蜂鸣似的声音在对我说,紧接着我低头发现了一只旧鞋子,是一只七十年代初流行的解放鞋,它大模大样然而又是孤零零地躺在环形路口上,我盯着它看了一会后决定把这当作城市的第一个奇怪现象来研究。

大约是七点钟左右我走过西区到达了霓虹灯笼罩的东区。

我找到了百子街上的和平旅社，它跟我想象中的样子基本一致：四层楼房开满了乳黄色的窗户，每个窗户都代表一个房间两张软床一个写字台两张沙发一台黑白电视机和两只搪瓷脸盆。旅馆大门是四扇一排镶有大玻璃的，正面贴着"拉"字反面贴着"推"字。如果走进去你会经过服务台一个织毛衣或者看小说的姑娘，走过水磨石楼梯和幽暗的长廊，走过一间盥洗室和公用厕所时闻见一股微量盐酸水的气味。情况就是这样，和平旅社和我住过的所有旅馆情况基本一致。

我站在台阶上把养蜂人给我的路线图又看了一遍，然后掸掉了军大衣上凝结的雪珠子。有人从百子街上走过，看着我推开了和平旅社的玻璃大门。这是一九八六年的冬天，一个微雪的夜晚。

我在等待养蜂人归来。

我不知道养蜂人什么时候归来。

寻找养蜂人对于我愈来愈显难堪，因为我不知道他的名字不知道他的来龙去脉。我只能跟和平旅社的人一遍遍描述养蜂人的外貌特征：高个子细长眼睛络腮胡子黑皮夹克那个养蜂人你认识吗？

奇怪的是和平旅社上上下下没有一个人认识养蜂人。他们说养蜂人都住野外，住在帐篷里，养蜂人怎么会跑到城里来住旅馆？那么他会不会是百子街的居民他家会不会就在百子街上呢？他们说那不太可能，百子街是商业区，这里没有一户居民。你找养蜂人干什么？你到这里来干什么？谈话到这儿出了毛病，后来被询人大都变成了主角，他们耐心地打探我的底细，这让我很窘迫。三年来我经历了八个大城市的城市生活，但我从来不告诉人们我到处居留的目的。事实上我也不宜告诉他们，我只是一个无所事事心怀奇想的大学肄业生，我不愿回到我生长的那个烦闷无聊的小镇上去，却深深地为九大都市的生活所迷恋。我其实是想当一个城市学家，想写一部名叫中国大都市调查的长篇巨著，但我目前还不知道有没有城市学这门科学。我认为自己是一个特殊人物。而养蜂人是我沿途遇到的另一名特殊人物。就这么回事。

　　走过了那么多城市。我已经记不起为什么会去泥江那个无名的小城的。火车经过泥江的时候，我好像从车窗玻璃上看见了一片绮丽神秘的紫色，那块车窗玻璃突然变得辉煌夺目，火车上的女孩惊喜地叫起来。我凑到窗前，看见泥江站四周是无边无垠的紫云英地，紫云英的花朵在风中如同海潮划出弧形波浪，阳光西斜时的折射把泥江染成一片紫茵茵的色彩，火车上的窗玻璃就是这样幻变成紫色玻璃的。我回忆了一下，我好像就是这样中途跳下火车，来到泥江的。我只在那里逗留了一天。泥江的街道房屋和方位格局与我的家乡小城是那么相似，我习惯地产生了逃避的想法。泥江人的相貌也像我父亲和母亲一样，古板而保守，我走在那些古老弯曲的街巷里时就像走在家乡石板路上一样，心情沉重压抑。我不得不走。但第二天早晨我从小旅店往车站走时突然迷路了。那是一次奇特的体验，我明明看见火车站像一座孤岛浮在紫云英地里，走着走着，孤岛却消失了。我走到了紫云英花浪深处，看见一顶旧帐篷歪歪斜斜地搭在田里，小路被无数长方形的蜂箱堵塞了。蜜蜂嘤嘤满天飞舞，空气中突然涌来一股又黏又潮的甜味儿。我惊异地发现自己闯入了蜂场。我以前从来没有见过蜂场，就是那天我遇见了养蜂人。

从帐篷里钻出来的那个人就是养蜂人。

高个子细长眼睛络腮胡子黑皮夹克的那个养蜂人。

设想一下我当时孤寂无援的心情，你会理解我在蜂箱边与养蜂人的野地长谈。他把一罐淡黄色的新鲜蜂蜜放在我面前，然后盘腿坐在地上，说："去哪儿，小兄弟？"

"不知道，还没决定。"

"你是一个大学生。"

"不是。让他们撵出来了。"

"犯了什么错？睡了女同学吗？"

"我不喜欢上课。"提到这个话题我就不乐意，我皱了皱眉头，"我不喜欢回忆过去。我从来不想当大学生。"

"告诉我你去南津干什么？"

"不干什么。我喜欢去南津你管得着吗？"

"嗤——哈哈。"他突然狂笑起来，一边摇着头说，"喜欢去南津，我不知道还会有人喜欢去南津，这真是出鬼啦！"

我看着他狂笑的模样，一刹那间我想起了家乡小城中患精神抑郁症的大哥。他偶尔笑起来也是这样毫无节制，碎石般带有强烈的破坏性。所不同的是养蜂人身上有一种古怪的超人气息,它不让我惧怕反而让我敬畏,我羞于承认的事实是我已经被养蜂人深深地迷惑。我捧起那个装满蜂蜜的午餐肉罐头盒,尝了一口新鲜蜂蜜。蜜很浓很甜,还有一股清冽的草根味。我敢说那是我喝到过的最美妙的食物。现在回忆起来我想跟随养蜂人去养蜂的念头可能就是那个瞬间诞生的。那个早晨泥江的薄雾散得很快,太阳照在紫云英地里又蒸起若有若无的绛紫色水气,眼前闪过无数春天的自然光环。我看见了成群结队采蜜的蜜蜂自由地飞翔,不思归巢,它们的翅膀在阳光下闪着荧光。你想象不出我的心情是多么复杂多么空旷。你无法理解我既讨厌乡村又常被乡野景色所感动的矛盾。

"我去南津做调查。我已经调查了八大城市。"我向养蜂人吐露了我的秘密,"没有谁让我干这事,我自己喜欢。"

"调查城市。"他的灰黄色的细长眼睛盯着我,忽然拍了拍大腿,"小兄弟这主意不错。你去过南津吗?"

"没有。但我喜欢南津。我也不知道为什么。"

"南津是只大蜂箱。"他的让人捉摸不定的笑意又浮现在脸上,他说,"我知道南津的所有秘密。"

"告诉我一些。"

"那不行。你要去,去住上半年做你的调查。我什么都不能告诉你。"他说着突然想起什么,侧过身子将手伸进帐篷摸索着什么。我看见他取出来的是一张揉皱了的《南津晚报》和一支廉价圆珠笔。他将报纸撕下一块铺在膝盖上,用圆珠笔写着什么。我听见他在说,"百子街。和平旅社。从火车站步行,经过西区到东区。"

"你在画什么?"

"地图。你到了南津去百子街的和平旅社。在那里等我。我过了这季花期就要南下路过南津。在和平旅社等我。"

"你来帮我调查城市吗?"

"不。我来收你做我的徒弟。"他把那片破报纸塞到我手中,拍拍我的脑袋,"你不是想跟我去养蜂吗?"

"你怎么知道我要跟你养蜂?"

"怎么不知道?你做完了想做的事就只有养蜂了,这是规律。"

好像就是这样。我与那个养蜂人就是这样在泥江城外的紫云英地里相遇的。我有时候怀疑养蜂人的存在,其原因来自我思维的恍惚和动荡,我经常把虚幻视为真实,也经常把一些特殊的经历当作某个梦境。在百子街的和平旅社居住的那些日子里,我经常找出那一角《南津晚报》看,养蜂人的蝌蚪似的字迹实实在在留在报纸边角上。高个子细长眼睛络腮胡子黑皮夹克那个养蜂人也是真的。

我在等待养蜂人到来的时间里几乎背熟了那一角报纸上残留的每一条新闻。

……取得相应的报酬,赔偿因被剽窃所造成的损失的要求不予支持。

（朱文民）

本报讯：昨日下午西区龙山高层住宅施工区发生一起重大事故。因承建施工单位未设防护网，三块红砖由二十米高空坠落，一过路男人被砸，头部重创，送医院不治而死。

本市发现一例艾滋病毒感染者

本报讯：长江医院于上月二十七日收治了一位免疫系统疑难病症患者，据专家会诊检查结果，患者有可能感染了国内尚属罕见的爱滋病毒。该患者自述曾去美国探亲旅游，但无不良性行为。有关部门正在查找其具体……

当我挤在公共汽车上肥硕的妇女和干瘦的男人之间，我总是拼命往窗边挤。车厢里弥漫着各种难闻的气味，包括他们的体臭口臭汗臭烟丝臭和化妆了的女人脸上美容霜的怪味，当然还有促使我头晕的汽油味。我发誓如果我有一颗原子弹我将把所有的公共汽车绑成一串，全部炸碎它们，我将给每一个城市人发放一架飞翔器作为交通工具。但这显然办不到。我挤在窗边凝望城市的街道房屋和人群，听到了地球吱扭扭转动的轻微声音。一切事物都在吱扭扭转动，但他们感觉不到，能感觉到的人一般来说都是天才或者都是疯子。

在三路环城车上我看见过一个远房亲戚。车过中央路的时候我一眼看见了他,他的吊在肩上的蓝涤卡中山装和人造革枕形旅行包在人群里特别醒目。我看见他把两只旅行包一前一后系好搭在肩上,站在中央商场门口朝橱窗里东张西望。橱窗里不过站了几个光着大腿的塑料模特儿。我不知道那有什么稀奇的。我不知道他为什么不在茶馆好好烧他的老虎灶非要跑到中央商场来丢人现眼。我注意了一下他的鞋子,他穿的是黑皮鞋,但我还是马上联想到了那天在西区环形路口看见的一只解放鞋。这很奇怪。

我的家乡小镇也在这个地球上,也在无聊地吱扭扭转动。另外它还像一道掌纹刻在我手心上。我有时候摊开手掌,就看见了那个呆头呆脑的小镇。我的父亲他不知道他在地球上跟着地球在无聊地转动。他在一家从前叫做来家染坊的印布厂干活,每天昏昏沉沉地搅拌一缸靛蓝水。他摊开手掌只有两件事,一是揉捏我母亲干瘪的乳房,二是揍我的屁股。但自从我逃离了小镇,他的第二件事就干不成了。对于小镇生活的记忆,淡如一阵青烟,你挥挥手青烟便散尽了。当我在夜晚饥饿难忍的时候,我回忆起从前站在门槛上吃梅饼的情景。梅饼多么好吃,又酸又甜又清脆,那是我对于家乡小镇的唯一牵挂了。你在大城市里见不到梅饼,你跟他们描述半天他们也弄不懂梅饼是一件什么东西。

我坐上三路环城车到呼家街下。那儿有一位我在大学里认识的老客先生。他很有钱。我搞不清楚他的钱是怎么来的,老客说你可以经常到我这儿来蹭饭,我就经常在晚饭前赶到呼家街去。你作为一个穷光蛋就得习惯蹭饭。老客每天下午六点钟到家。六点钟之前他不在家也不在那个叫科技信息中心的单位里,你不知道他整天在干些什么。我问起时,老客说:"还能干什么?捞钱!"我说怎么捞?老客说:"还能到水里捞?做生意!"我又问做什么生意?老客就火了,"你吃你的饭,别什么都问。"我觉得老客现在明显是财大气粗了,想想那时候他站在排球场的裁判台上作演讲竞选学生会主席我还给他鼓红了巴掌,那时候老客是多么温和可信多么受人爱戴啊!

有一天老客在饭桌上盯了我半天,郑重其事地说:"你多好,看着你我就想起我的青春时光。"我说不出话,我对老客这种老白菜梗子态度敢怒不敢言。但是老客的眼圈渐渐红了,这让我莫名其妙。老客在他的鞋帮子里掏来掏去,掏出一张照片。照片上是一个外国女人,眼睛像铜铃一样大,鼻子像三角铁一样巍然耸立。老客说:"她怎么样?"我说:"龇牙咧嘴,但挺威武的。"老客说:"她是美国加州人。"我说:"你们在搞情况吗?"老客的眼光忽然变呆滞了,他的喉咙深处咕噜响了一下,说:"我要到美国去。"

"我要到美国去。"我走过的九座城市中到处听见这个声音。那些人,精明强干刁钻促狭老实本分呆若木鸡的人都要到美国去。这让我惊诧不已,因为我背熟了京广线陇海线津沪线,那些铁路无法通到美国去。我想世界也许已经脱离地球在疯狂运转了。而我的所谓城市调查在这种运转过程中显得渺小可笑。他们说你去美国不会比去拉萨艰难多少。问题是要花力气,你冬天去北海公园溜冰还要排队买票呢。在九座城市里我侦察了九个出国申请机构,九个机构的门口排着九曲人阵,他们都裹紧了大衣头巾挤在那里。我在盘算我什么时候会排进去,会不会排进去。看见那种长阵我就饥肠辘辘,我想起在大学时节日加餐的排队队伍也是那么长,两种队伍有没有区别只有天知道。

我与老客的膳食关系未能长久地维持下去,想到最后一次见面我就面红耳赤。我不知道到底是谁的错。简单地说有一天我去呼家街蹭饭时碰到了一件怪事。我敲门,老客磨蹭了半天才出来开门。他脸色灰白,光着身子用手遮护着游泳裤头。我说:"你在睡觉?你没做饭?"老客一声不吭把我拉进门,然后凑到我耳朵边说:"你来得正好,我招架不住了。"我说:"你说什么?"他怪笑了一声,抓住我往房间里拽,"帮帮我忙,到床上去。"房间门开着,铺在地上的席梦思床凌乱不堪,我看见被窝外露出一个披满棕色鬈发的大脑袋。我的脸一下子灼烧起来望着老客。老客湿漉漉的手紧抓着我不放,他说:"帮帮我,一起收拾这条骚母狗。"我终于明白了,我的该死的心脏跳得像拨浪鼓一样。怎么会有这种事发生?我抽出手就回身,我骂了一句:"老客你他妈的——"我就不知道该怎么骂老客这混蛋。老客追着我说:"这有什么?美国人都这么干。"我一边开门一边说:"不,我干不了。"我觉得心脏快要跳飞了。老客站在门口鄙夷地看着我,突然大声说:"滚吧你这老土鳖,永远也别来蹭饭了!"然后他使劲把门撞上了。

我站在楼梯口。对于老客的侮辱我并不怎么在意。我是在想怎么会有这种事发生?这是城市中性生活的一种吗?思考这个问题对于我来说也许有一定难度。我二十一岁了但我对性生活领域还很陌生。我想这不是我的错,我走过了九个城市,但我所幻想的那个城市姑娘还没出现。在城市里美丽的姑娘多如蚂蚁,让我怎样去寻找她和她恋爱结婚过性生活生育孩子建立家庭呢?我沿着人行道经过呼家街。在穿越呼家街地下商店时我听见了墙上反弹着一种嘎嗒嘎嗒的声音,我怀疑那是地轴断裂的声音。地球也许快要转不动啦?自那以后我每次路过呼家街都能听见那种可怕的声音。我真的怀疑地球快要转不动啦。

和平旅社旅客一

你见过一个养蜂人吗?

我这样问了三遍,发现坐在对面床上的老头是个聋子。他用一种紫色的汞药水洗脚,洗得很仔细。洗完脚他就一直坐在床上抠脚丫。老头目光呆滞,嘴角时常神经质地牵动,像要叨咕什么。我走过去凑到他耳边喊:

你见过一个养蜂人吗?

我是来上访的。老头看着我说,他的脖子上长着一个鸡蛋大的肉瘤。听口音老头像是苏北人。他又说了一遍,我不找杨凤仁,我是来上访的。

你也有冤假错案吗？

我一九四一年就参加新四军了，我革命了大半辈子了。乡政府为什么不给我盖房子？他们每年说就盖就盖，我等了五年了，房子在哪儿？屁影子也没有呐。我知道中央有文件要给我们盖房呢，乡政府为什么不执行命令？我告到县里县里也不管，他们都吃了豹子胆了违抗军令呢。让我上省里告，省里就省里，我还怕省里？省里到处住着我的革命战友呢，他们都坐着小车到处跑呐。乖乖咙地咚。

你坐上他们的小车了吧？

找不到他们的人影呀。这城太大，政府也多，我就是不知道上哪儿找他们的人影呀。我到政府去找唐书记，可是小哨兵愣是把枪横拦着不让我进，乖乖咙地咚，狗仗人势呢。我打仗的时候他连一条精虫都没当上呢。我说找唐书记，他说不在，我说我跟唐书记一起打的孟良崮。他说什么孟良崮不孟良崮我不懂这里又不是菜场随便让你进去。我一急说老子毙了你这个小杂种。他倒好，笑了。说这里没有姓唐的书记，让我到乌有巷居委会去找找。可是老唐明明是在省里当书记呀，他自己告诉我的，乌有巷在哪里？小同志你知道乌有巷在哪里吗？

乌有巷吗？往东，再往西，走回来，往南，再往北。

怎么找？

别找啦。我笑起来。乌有巷就是没有这条巷，别找啦。

小杂种，他耍了我呀?! 老头尖叫了一声，他突然扯开了裤带把裤子往下褪。你看看这是什么？这儿有两块蒋介石的弹片呀。我看见了老头干瘪蜡黄的小腹上有两道褐红的伤疤,像两条蚯蚓僵卧不动。老头说小杂种他怎么敢耍我呀?!老头扯开着裤子对我吼。我看见他脖子下的肉瘤气愤得快要炸裂了。遇到这样一个暴躁的老革命我真不知如何安慰他!我不能让他老扯开着裤子,因为天气很冷。我实在找不到帮助他的方法,只能温和地对着他耳朵喊:"把裤子穿上吧,当心感冒。"

在城市里你经常能见到一些新奇古怪的玩意,让你着迷。我曾经迷恋过工人俱乐部里的碰碰车,我每隔几天就到那儿去花五角钱买一张门票。我一走进圆形车场就直奔那辆火红的碰碰车,跳上去捏紧塑料方向盘狂跑一圈。我吹着口哨驾驶碰碰车,见到别的车就冲上去猛撞。要知道在碰碰车场里撞人是不违反交通规则的,可惜就是撞不翻他们。我知道迷恋这种儿童游戏实在可笑,但我忍不住地要往工人俱乐部跑,我忍不住地要去撞人,这也实在可笑。直到有一回我撞了那辆由一对烫发男女驾驶的碰碰车,烫发的小伙子突然从车里跳下来,冲我瞪着眼睛,"你再撞我们我一刀捅了你。"我说干嘛要捅我?他说:"你还装傻?你撞了我们还不知道?"我无言以对,我觉得他一点也不懂游戏规则,比我还可笑。从此我就对碰碰车倒了胃口。后来我就经常出没于西区的鼓楼周围。在鼓楼的顶台上有一架天文望远镜,你花二角钱可以看三分钟城市景观。我就把眼睛紧紧贴着镜筒鸟瞰全城,你在望远镜里看这个城市会觉得它更加神秘漂亮。扫兴的是那个看守望远镜的老头不停地在边上提醒你:"一分钟了。两分钟了。"每次都是匆匆忙忙,但我还是从望远镜里看见了不少街上看不见的东西。我看见过五一医院的停尸间，看见一盏蓝色的灯泡照着一排裹白布的死人。看见过一个梳辫子的女孩跟一个男人接吻的场面，镜片里只有一根独辫子随着头部的后仰往下坠，两个人的脸都看不见，但我知道那是接吻。我还看见过一座在八层楼上的巨大的会议室，窗户里面有好多人像企鹅一样呆板而可爱地游移着，不知在开什么会。

在城市里你只要花钱就可以干很多开心的事情。这是我对城市下的第一条定义。这一点谁都理解，所以也许就不存在什么城市的定义了。城市是复杂的。我每天从城市的各个角落回百子街，在百子街与青海路交接的医药商店橱窗里总能看见一只带有微刺的高级避孕套。有时候想想城市真是复杂的，你不能说城市是一只高级避孕套。你喜欢城市就不能随便糟蹋城市。但我看见有的人在糟蹋城市，就在医药商店门口，四个穿牛仔裤的小伙子在吹那种避孕套，他们把它吹成了一只大气球，狂笑了半天。他们把气球塞给一个背书包的小男孩，小男孩不要，他们在后面追。我看见那只避孕套气球在一只焦黄多毛的手上轰然爆炸，炸成碎片掉在街道上。他们在糟蹋城市。我如果是他们的爸爸就扒下他们的裤子，朝每人屁股打五十巴掌！可是我什么都做不了，面对人类的堕落我无能为力。

我已经习惯于在街头漫游，在街头漫游是调查城市的主要途径。我这样把手插在冰凉的大衣口袋里，沿街摇晃。从商店玻璃反光中我看见自己变成了这个城市的人，我的严峻的面孔我的轻缓的步态已经全无家乡小镇的特征，我把这种变异的结果叫做城市化。城市化意味着我逃出家庭的成功。从此那个小镇离我远去，那个倒霉的小镇最多像一条掌纹留在我手心上。我只要把手插在大衣口袋里，只要不去回忆，父亲母亲大哥二姐统统见鬼去吧。

我路过堂子巷的时候，看见区政府门口拥了好多人。水泥门楼上拉着一条横幅：市人才交流中心市场。我挤进人群时一个围着大口罩戴着鸭舌帽的男人从后面把我胳膊拽住，"别插队，排好队登记。"我说："登记什么？我不要登记。"那人甩开我胳膊说："真没教养，小流氓也到这里来登记。"我说："谁是小流氓？我看你才像个老特务，你不是特务干嘛又戴口罩又戴鸭舌帽的？"特务对我翻了个白眼，没再理我。我就跟在他身后，随着队伍往一张长条桌前挪。长条桌前坐着一排国家干部模样的人，他们微笑着把一张表格发给排队者，轻声细语地和他们交谈。我觉得他们就像天使一样纯洁可爱。环顾四周，人才们有老有少有男有女，他们脸上有一种相通的郁郁寡欢的气色。我就知道那是生活不如意的人们，各有各的不幸。但我觉得那个老特务肯定是冒充的人才，我盲目地排到了长条桌前，听见老特务对国家干部说："这社会总算变了。"总算变了到底是什么意思？我又听见他说："这是我的学术著作，出版了二十一年了。可是我还在家禽公司当出纳员。"我侧过身子瞟了眼老特务的学术著作。真的是一本学术著作。书已经发黄，封面上印着《激光在化工机械生产中的应用技术》。老特务的手按在上面,手指苍白失血,仿佛一排切碎的萝卜条。我内心对老特务油然升起一种敬意。我相信了他是个激光人才。轮到我了,一个女干部把表格递给我说:"请填写。"我不知道该不该接那张表格,我说:"填好了会怎么样呢?"她说:"交流呀,到发挥你专长的地方为四化多做贡献呀。"她慈爱地看着我,说:"你有文凭吗?"我想了想说:"有一点。"她笑起来,"什么叫有一点?有就是有,别谦虚。知识分子是党的栋梁呀。"她又问:"你学什么专业?"我就怕别人问我学什么专业。我迟疑了一下告诉她:"城市学。""城市学?"女干部考虑了一下说,"目前还不需要城市学人才。"我说:"我知道不需要。"女干部拍拍我的肩说:"别急,你会人工培育蘑菇吗?""不会。""你学过微波载送吗?""没有。没学过。""那么你懂西班牙语吗?你会设计时装吗?你懂康奈斯电脑操作程序吗?""我都不会。"我说。女干部开始用怜悯的眼光看着我说:"那你只能待在原单位了。你在哪里工作?"我说了声不知道就溜出了人才队伍。我也不知道怎么闯到了这里来。我根本不想交流到哪儿去,我的专业就是他妈的逛遍城市。我不是什么蘑菇微波康奈斯人才,也不需要别人对我问这问那的就像我母亲临睡前干的一样。离开区政府时我看见那个搞激光的老特务还站在台阶上,他的露在大口罩外面的眼睛红红的,我听见他还在口罩里含糊地念叨:"这社会总算变了。"那是一个怪人,我就不知道这社会到底在哪儿变了。

好像就是那天,在堂子街的公共厕所里我遇到了另外一个怪人。那是个矮个子男人，他站在小便池的一端看着我走进去。他的眼神很怪。我小便的时候听见他轻轻叹了口气，紧接着他做了一个莫名其妙的动作。他抖动着男人的玩意从小便池那端往我这儿移，眼睛斜睨着我。我瞠目结舌，退下了台阶。我说："你要干什么？"他又叹了一口气，看看我没说话。他把脑袋顶在墙上撒尿，却撒不出来。我想他可能是病了。我走出厕所没几步，发现矮个男人又追了出来，他用一根手指往我腰上捅，说："去看电影吧。"我说："看什么电影？"他说："随便。看电影。"我说："我为什么要去看电影？跟你去？"这时我听见他叹了第三口气。我断定他是个精神病患者。我加快步子离开了臭烘烘的厕所，猛回头看见精神病患者又钻进了厕所。我觉得碰上这种事情真让人好笑。你一辈子也不容易碰上一件这种奇怪的事情。

和平旅社旅客二

你见过一个养蜂人吗？

我走南闯北什么样的人都见识过。

那么你见过一个养蜂人吗？

他是哪儿的？

不知道。他说他常在这儿住。

他长得什么样子？

高个子细长眼睛络腮胡子黑皮夹克。一个养蜂人。

那叫什么特征？中国人都是这样子。再说我一般都住江南大酒家，我难得上这样的破旅馆来，连暖气也不送。

新来的房客穿一件银枪呢子大衣，鼻梁上夹一副金边方镜。我看见他用手套不停地掸着床单，然后放下那只黑色公文包。他说："脏死了。"打开公文包。包里显得空空荡荡，最醒目的是一排放着的六个各种颜色的证件，还有两根领带一件皱巴巴的白衬衫。他从夹缝里掏出了名片，递给我，"相逢何必曾相识，交个朋友。"

我把名片翻来倒去地看，那上面印着密密麻麻的字密密麻麻的头衔让人眼花缭乱。

> 中华实业公司林城分公司董事长
> 南方摩托车贸易中心副经理
> 幼苗文学基金筹委会主任
> 中国集邮协会常务理事
> 　　　胡　成
> 　　　　　　　　　中国

"老胡，你主要是干什么的？"我满怀崇拜之情地望着新来的房客。

"什么都干。"老胡拿出一把日本电动剃须刀按摩着光滑的脸部，他仰着脸说，"我没有胡子，但我喜欢玩电动剃须刀，经常使用对皮肤很有好处。"

"我是说你主要干什么工作？"

"这回出来是为基金会做点宣传。"他突然对我笑笑,"你能给幼基会募捐资金吗?"

"我?我还需要别人募捐呢。"

"没有巨额的一百二百也行。我们可以考虑你当幼基会顾问。"

"你就是专门找人要钱的吗?"

"怎么叫要钱?是筹集基金。我也不能肥自己腰包啊,主要是为了下一代。我们基金会的宗旨就是要把少年儿童培养成未来的大作家。"

"我觉得人愿意长成什么样子就是什么样子,培养没用。"

"你这人年纪轻轻思想倒挺僵化。"他说着砰地掀开了公文包的铝锁,"来看看这是什么。"

他拿着一沓毛边纸小心翼翼地铺开,一张一张地掀给我看。每张毛边纸上都写满了龙飞凤舞的墨迹。我说:"这是什么?"他说:"你来看看落款。"我一看落款上都是些很重要的名字。你听新闻联播节目看《人民日报》时经常听见看见那些名字。我又朗读了一遍题字。题字内容基本一致但气度各异:祝幼苗文学基金会蓬勃向上今日幼苗明天栋梁全社会都来关心下一代给予精神物质双关怀等等等等。

"题字没提钱的事呀。"我说。

"你这人真死脑筋。"他把毛边纸叠整齐了锁进包里,"有了这些题字还不好办?要多少有多少。我们已经收到三万元捐款了,计划年底突破五万。"

"五万？我有了五万就能坐飞机到拉萨到乌鲁木齐去了。"

"我们准备办一张儿童文学报纸，还筹备办一个儿童画刊。你会写故事吗？要又有趣又刺激的，只要能提高发行量就行。你要是写了我给你发表。不过试刊阶段可能要自费发表。每三千字寄五十元给编辑部。"

"我没什么东西可以发表。"我躺到床上打开那一角《南津晚报》，想起了泥江城外那个养蜂人。我只是想问一问你有没有见过那个养蜂人。

谁也没见过那个养蜂人。

谁也没见过那个养蜂人但我见过他。我走遍了九座都市不知道以后干什么好。干什么都比回家好。我想跟养蜂人去养蜂，可是我不知道他什么时候来。泥江在冬天不会盛开紫云英花朵，他到哪里去追赶花期了呢？

你在城市里会发现头发鞋袜和身子特别爱脏。你必须勤着洗澡，否则你就不能把头凑到服务台姑娘前打电话。她会把鼻子吸得像个可爱的小蒜头一样让你羞愧不安。我每隔一星期就要去百子街东端的清泉浴室洗澡。清泉浴室人池子的水一点也不清，但池子要比我家的大木盆大上几十倍。人们都光溜溜地围坐在池子边上，好像是一排湿漉漉的木桩。我觉得人要是光溜溜的就没有什么等级差别城乡差别了。这是我在清泉浴室得到的理论。人跳进了浴池就都一样，都挺纯洁挺可爱的。这样想着就觉得世界光明得多了。我洗完澡躺在一张铺着蓝白浴巾的木榻上。我想摹仿他们睡一会儿,才闭上眼睛就有一双手抓住了我的双脚。我看见有个修脚老头坐在小板凳上抓着我的双腿,一只手从白褂子口袋里掏出修脚刀。我赶紧把脚缩回来。

"我不要修脚。"

"你有脚气。多修修就好了。"

"我从来没有脚气。"

"那就做个全活吧。舒舒筋骨。"

"什么叫全活?"

"全身都活。做了你就知道了。舒舒筋骨的。"

"可是我没买全活票呀。"

"没关系。做了再给,不舒服不收钱。"

修脚老头把我的脚架在他的膝盖上,他慈祥地微笑着,手指在我的脚趾间不停地揉捏。然后他空握双拳在我的腿上像敲鼓一样敲打起来,然后又是背上手臂上,敲得很有节奏。我听见浴室里扑扑嘟嘟的响声此起彼伏,朝四周一看到处都有做全活的修脚老头在浴客身上敲打修脚。"怎么样?"老头说,"不舒服不收钱。"我也不觉得有什么舒服的,但我只能说:"舒服。"我突然笑了,因为我想到了一个深奥的问题。全活到底算一种什么服务行业?城市是什么时候出现浴室和修脚工的呢?这又是我想研究的一个城市问题。

"你干这行干了多少年了?"

"从十五岁干到现在。算算大概修过十万双臭脚了。"

"干什么不行非要给人修臭脚呢?"

"我就会修臭脚,这是命你懂吗?"

"命也不会让你修臭脚的。"

"命里让我修臭脚,我刚生下来就让算命先生看过,他一见我的手就说:'这孩子长大要进浴室给人修脚的。'"

"那算命先生可能想让你给他修脚。"

"我谁也不相信可我就相信算命先生。"修脚老头突然在我的什么穴位上猛敲一下,我差点被弹起来,"喂,你看过算命先生吗?"

"没有。我不相信。"

"你还是去看看吧。我告诉你你去找白丽华,她的眼睛最毒。一看一个准,不准不要钱。"

"她在哪儿?"

"养马营。你到养马营问白丽华谁都知道她。"

去养马营找白丽华实在是无所事事的后果。我根本不要巫婆神汉对我说三道四,但我真的去了养马营。养马营由几十栋破烂的年久失修的棚屋组成,隔着一条狭窄的碎石路面。你走过养马营时注意横跨路面的晾衣竿,空中飘舞着尿布片子裤头背心羽绒衣羊毛衣还有许多日本株式会社的化肥袋子,要小心空中的滴水。我在城市里从没逛过这样肮脏的街道。我想那个巫婆白丽华也只配住在这里。

白丽华坐在一只铁床上绣花。小屋里弥漫着一股潮湿的霉味和猫屎臭。白丽华是一个著名的瞎女人,但我确确实实看见她在绣花。不是绣花,而是绣蜘蛛。她手里抓着一件鲜红的马甲,马甲上已经有了一条蛇一只蝎子。我奇怪她是瞎子怎么能在马夹上绣出蝎子和蜘蛛来?

"过来。"她放下手中的东西,布满白翳的眼睛瞪着我,"把左手伸给我。"

"男左女右。"我嘀咕了一句就朝她伸出了左手。她怎么知道我是个男的?白丽华的手冰凉冰凉的,像一只老猫爪子在我手掌纹路上爬行,我的心也冰凉冰凉的。我斜眼看着铁床上那件红马夹,揣测她还会绣出什么鬼东西来。

"你不该来找我。"白丽华突然说。

"为什么?"

"你的命大凶。"白丽华的瞎眼盯着我的脸,"忌七忌三。你逃过了八七年逃不过九三年。"

"我马上就要死吗?"

"客死异乡。"她说,"你赶紧走,要不你会死在街头汽车轮子下。八六年剩下没几天了。"

"可是我在等一个养蜂人来,我要跟他去养蜂。"

"别等了。他不会来。"她推开我的手,又摸起红马甲,"没有人会救你。"

我也不知道怎么啦,白丽华算的命真的让我恐慌了一阵子。我在那间充满神秘气氛的屋子里愣了一会,把口袋里的钱掏给她。白丽华抓住了我的手,"慢走,把这件马甲穿上。"她把手里的红马甲塞给我。我说:"我没钱了。"白丽华细眉一皱,"别说这个,穿上它吧,你是个可怜的孩子。"我说:"它能保佑我平安无事吗?"白丽华说:"它能保佑好孩子,不过谁也救不了大家伙儿,你眼看着这个城市要完蛋了你又有什么办法?"

离开养马营的时候我穿上了红马甲。我身上爬着一只蜘蛛一条蛇一条蝎子这让我很新奇。夜幕初降。街灯在十七点三十分骤然一闪,城市的白昼重新展开。在南区的立体交叉桥上,我看见无数小轿车作环行驾驶。我认识丰田皇冠尼桑本茨拉达桑塔纳雪佛来伏尔加等所有小轿车,可我就是没有坐过其中任何一辆哪怕是五分钟也好。我想起白丽华说的"死在汽车轮子底下",心中一片惆怅。我设想了一九九三年,假若我真的在一九九三年死去,最好不是死在车轮底下而是死在一辆白皇冠的驾驶座上。谁说得定呢?也许一九九三年我已经不再迷恋皇冠车,也许我买了一架飞行器正来往于遥远的拉萨和乌鲁木齐呢。一九九三年的事你怎么预料?也许城市陷落到地底下去了,也许人们都搬进了一百层楼的新公寓吃喝拉撒睡觉梦想,也许地轴断了人们都葬身于海洋中也许人们照样好端端地在城市里拥挤喧嚣,这可说不定。说不定的事你最好别多想免得脑袋发胀。你什么都没有只有脑袋最值钱,对你的脑袋一定要重点保护。

和平旅社旅客三

你见过一个养蜂人吗?

你说什么?

你见过一个养蜂人吗？

你要兜售什么就直说。是抛外烟还是拉皮条？你想去南边偷渡？跟我直说没关系。

不，我是问你见过一个养蜂人吗？是一个养蜂人。

哦，我以为你说暗语。现在地下都流行暗语。你如果不明白就找不到快活事。你找养蜂人干什么？

跟他约好了，在这儿等他。可他没来。

男的女的？

当然是男的。高个子细长眼睛络腮胡子黑皮夹克。

那你找他干什么？要不要找个小潘西？

谁是小潘西？

女孩呀，怎么什么都不懂？

女孩又不是商店随便能找吗？

你懂暗语就行。我看你是什么都不懂。

我猜那个新房客是广东那边的人。他比我大不了多少，但说话口气活像个老混子。他穿了一件又短又紧的石磨蓝牛仔夹克和一条又宽又大的牛仔裤。腰上系了只大钱包。他说话舌头显得很紧，一笑露出两只金牙。我猜他大概是个小富翁，从住进这个房间他一直在喝百事可乐抽肯特香烟。我想他的胃大概也很大。广东人心神不宁地看着窗外，说："我跟一个朋友约好两点在这里谈点生意。到时你出去喝咖啡行吗？我请客啦。"他拉开钱包拉链时让我挡住了。我说我马上就走。我不爱喝咖啡用不着你请客谈你的鬼生意去吧。我出了和平旅社到芳洲动物园看了两个钟头的猴子,突然想想有点生气,广东佬凭什么把我撺到动物园来看猴子啊他一个人呆在房间里搞什么鬼?我这样想着就提前走出动物园。回到和平旅社时大厅里的石英钟指着四点。我想广东佬的生意也该谈完了。我走上三楼时看见四楼值班室腾腾地冲下一男二女三个服务员,他们飞快地跑到我的房间门口以迅雷不及掩耳之势掏钥匙转动暗锁打开房门,紧接着我听见房间里传来一个女人的尖叫声。

怎么啦?

我跑过去看见广东佬赤条条地东躲西闪,在地上一堆衣服里寻找裤子。一个涂脂抹粉的妖冶女人用一块浴巾护住胸部坐在床上,木然地看着窗玻璃。这是怎么啦?

"没你的事,请回避一下。"男服务员严肃地对我说。

"又让我回避?那也是我的房间。"我径自往房间里闯。

"等他们穿好衣服你再进去。"

"他们是在我的床上!"我猛然发现那女人坐在我的床上。老天爷广东佬为什么要把妓女领到我的床上去?是我的床!

"这种女人谁的床她都上。"

"叫她为什么偏偏要上我的床?"

我被推到了一边。我恨不得把广东佬杀了。他嫖妓在哪儿嫖都不关我的事,他凭什么要在我的床上?我真是恨不得把他们都杀了。在我愤怒的时候两个女服务员在掩嘴窃笑,我不明白这么肮脏的事她们怎么笑得出来?没一会儿走廊上围满了旅客,好像夹道欢迎那对狗男女。我看见广东佬换了套西服衣冠

你好,养蜂人

楚楚地走出房间,后面跟着那个神情漠然的妓女。广东佬面不改色心不跳,他指着服务员的鼻子说:"别忘了你们进来没敲门,你们侵犯了我的人权。"

我想广东佬大概是被带到公安局去了。我还不太明白这种事情到底有多严重。晚上我守着电视看国际新闻时,广东佬回来了。我奇怪他怎么没事人一样,龇着金牙对我笑一笑。他说:"我还没见过这种客房,服务员进来怎么可以不敲门?"我说:"抓坏蛋是可以不敲门的。"广东佬说:"谁说的?在我们广东你必须敲门。"我说:"你怎么没让铐起来?"广东佬说:"怎么会?私了啦。"我说:"私了是什么意思?"广东佬说:"你真是什么都不懂。凡事都有公了私了两种。我给他们发辛苦费就私了了呀。"我又说:"我们换张床,你他妈的把我的床弄脏了。"他说:"别换床了我再也不住这破客房啦我要换个好客房啦。"我说:"那床怎么办?"他看看床嘿嘿笑着,突然拍拍手说:"给你洒香水。"然后他从牛津包里拉出一筒喷雾香水对着床喷起来,一边喷一边说:"这是法国香水啦。"我闻到一股刺鼻的古怪的香味在房间里弥漫开来。

老天作证,我从来没见过这么混账的广东佬。

我不知道养蜂人什么时候来。

我发现我已经把养蜂人当作了我的救星。情况就是这样。我独自在陌生的城市里游荡,就好像一个饥渴的水手在海里寻找自己的船,但是船却无影无踪。你一个人在海里能游多长时间呢？

走到街头上看见许多电线杆上贴着私人启事。我注意了一下内容，有征求换房的有寻求两地对调解决夫妻分居的有寻找六岁失踪男童的还有专治阳痿早泄不孕症的。有一天我站在一根电线杆下突然想到我也该贴一张寻人启事，我已经没有其他寻找养蜂人的办法了。当天夜里我把复写好的启事和一瓶马牌胶水装在大衣口袋里去了城市的所有主要街道。趁着天黑无人，我把五十张寻人启事牢牢地贴到了五十根电线杆上，贴完后我就软瘫在路边了。我累得要死，我不知道贴寻人启事会这样累得要死。

寻找养蜂人

你见过一个养蜂人吗？

特征：高个子细长眼睛络腮胡子
　　　黑皮夹克操南津口音

你能告诉我他的消息吗？

请与和平旅社三一三房间寻找人
联系

　　　电话：五三八八四一

从启事贴出后我一直守着服务台上的电话。电话铃一响我就抓话筒，但都不是我的电话。我等了一整天也没接到个屁电话。这让我很颓丧。也许人们还没注意到那张启事？也许人们在城市里匆匆忙忙地窜来窜去，没工夫理会那张启事？我想我

得耐心一点，迟早会等到我的电话。这个城市有那么多人，那么多人又认识别的那么多人，如果循环往复，总归有人会告诉我养蜂人在什么地方。

第三天我等到了第一个电话。我紧张得牙直颤，几乎说不出话来。

你是和平旅社寻找人吗

我是

我是芬芳蜂蜜厂请问你需要什么样的蜂蜜要多少

我不是寻

我们是蜂蜜专业生产厂家品种齐全我们有槐花蜜紫云英蜜茶花蜜苹果蜜品种齐全质量

我不要，我

你如果大量购买价格可以面谈请问

你搞错了我不是

你不是登了启事寻找

我不是找你我寻找一个养蜂人

我啪地挂断了电话。这真是莫名其妙。难道我寻找养蜂人就是要买蜂蜜吗？我想那家伙真是自作聪明，他一点也不知道我的苦衷。但我转念一想那电话不该挂，芬芳蜂蜜厂说不定跟养蜂人有关系呢我至少应该向他打听一下你见过那个养蜂人吗？我从墙上摘下电话号码簿，仔细地查找芬芳蜂蜜厂，电话簿上没有芬芳蜂蜜厂。我又拨号询问芬芳蜂蜜厂的电话号码，查号台那里沉默了几秒钟，突然传来一个恶狠狠的女声："没有电话！"我纳闷那家蜂蜜厂怎么不装电话，没准是家黑厂吧。我听说这个城市里有许多地下黑厂没有机器也能生产各种产品，那造蜂蜜更不在话下了。

第四天我接到了第二个电话。

你是和平旅社寻找人吗

我是寻找人

你想好了吗

想好了我没

你有家伙吗

什么

想入伙的都得自备家伙

入什么伙我不明白我是寻找

他妈的你捣什么乱老子红了你

对方吼了一声先挂了电话。又错了，错得更加莫名其妙。电话里的声音粗哑阴沉，我突然想起广东佬说的暗语问题，惊出一身冷汗。寻找养蜂人是这个城市的一句暗语吗？我琢磨着对方可能是一个打劫行凶的黑组织让我碰上了。我想不通的是他们凭什么跟养蜂人联系起来难道养蜂人会打劫行凶吗？

我对电话失去了信心。我不再像个木头人那样守着电话了。这个城市住满了乱七八糟的混蛋们，没有谁会告诉我养蜂人的消息了。第五天我待在房间里胡思乱想的时候，听见女服务员在敲门，"你的电话。"我问："谁来的？"女服务员说："我怎么知道？是个女的。"我想了想就下了楼，是女的总归希望大一点,是女的总不至于向我推销蜂蜜让我带着家伙入伙。我一抓起电话就听见一个甜蜜动听的声音。

你是和平旅社寻找人吗

是的

喂,是你在寻找一个养蜂人吗

你见过他吗

见过。不过现在不能告诉你

为什么

不为什么,你得在古城墙上等我

到了古城墙上你才告诉我吗

对了,请别再问为什么

什么时候去

现在,马上就来

谁也想象不出我在去古城墙的路上有多高兴。我发誓那一路上我热爱世界上每一个女孩。女孩不混蛋,女孩就好比纯洁的茉莉花。我换了两路汽车又跑了近一公里的路,远远地看见了这个城市残存的古城墙。城墙很高,我从石阶上一溜烟地跑上去,迎面就看见两对情侣和一个女孩呈三点一线坐在地上。那个单身女孩正眺望远方嗑着瓜子,我走上去拍拍她的肩膀说:"我来了。"女孩回过头,我看见她的细柳眉立刻攒成了一条黑线,"谁让你来了?"我说:"不是你打的电话?"她把一颗瓜子皮呸地吐到我脸上,"流氓不要脸!"我敢怒不敢言,我知道又错了。谁让我轻信那个鬼电话呢?这个城市的女孩也早已成了混蛋啦。

我沮丧地往城墙下走,突然听见树丛里响起一声断喝——"不准动。"紧接着跳出一个人来。戴鸭舌帽穿黑皮夹克腿上打着红白条绑腿,像小伙但是个女孩。她叉着腰歪着头笑吟吟地看着我,"是我打的电话。"

"你干嘛要钻到树丛里去?"

"这样好观察观察,我看看你长得什么样子。"

坦率地说女孩很漂亮,但你就不知道哪儿漂亮。她的眼睛热辣辣地盯着我,我的手不知该插进大衣口袋还是像她那样叉着腰。我说:"你看见了那个养蜂人吗?"

"坐下说,"她先在草地上坐了下来,"我看见了养蜂人。"

"什么时候看见他的?"

"今年夏天呀我去桃花湖游泳我看见了养蜂人的帐篷啦,养蜂人在点火煮饭四周都是野花那画面多优美哟。"

"你看见的养蜂人什么样子?"

"高个子细长眼睛络腮胡子黑皮夹克你不是写了吗?"

"不对。"我一下听出了问题,"你说的是夏天他怎么会穿黑皮夹克呢?"

"我也记不清,反正我看见过养蜂人。"

"你跟他说话了吗?"

"没有呀我只是远远地看见养蜂人在点火煮饭四周开满野花我就喜欢那种情调帐篷里还有婴儿的哭声呢。"

"见鬼。"

"你说什么?"

"错啦。你根本没看见我要找的养蜂人。"

"其实你自己就是个养蜂人。"

"我不是但我想跟他去当养蜂人。"

"你真浪漫。"

"又白跑了一趟。我大概永远找不到他了。"

"你找到了我。"她突然握紧了我的手,她的眼睛凝视我柔情似海,"我就喜欢浪漫的男孩我讨厌市侩商人世俗金钱。"

我完全没有想到这个结果。我从前一直渴望纯洁甜蜜的爱情但我不习惯这个城墙上的横空出世的爱情。纯洁甜蜜的爱情不会这样突如其来地降临。所以我不由自主地挣脱了女孩的手,朝一边挪动。我像研究一株稀世奇草一样好奇地打量着女孩。女孩幽怨地摘下头上的鸭舌帽,又狠狠地摔在地上。

"你是同性恋者?"

"同性恋者是什么意思?"

"那你为什么不喜欢我非要去找他?"

"我没心思。"我负疚地说,我想我不能欺骗她,"我现在什么也不想,我只想跟着养蜂人去养蜂。"

"你一定很痛苦,只有痛苦的人才会去养蜂。"

"不。我从来没什么痛苦,我就是不想回家。"

"你真浪漫,"她又说。突然她抬起腿猛踹我一脚,"快滚吧,找你的养蜂人去,我再也不要见到你!"

幸好踢得不重。膝盖震了一下。我不明白她为什么要踹我一脚这真是有理讲不清。你总不能跟一个女孩打起架来。对女孩你总得让着点。我走下古城墙时心情很复杂,我不明白浪漫跟我找养蜂人有什么关系。抬头看看城墙上,那个女孩正在孤独地漫步。她不至于想不开跳下城墙吧?她怎么会爱上我的呢?说实在的我有点若有所失。我毕竟还没有经历过多少爱情我当然若有所失了。

我梦见养蜂人在前面走,我跟在他身后。我们正穿越一片春天的紫云英花地,有一辆牛车驮满了蜂箱吱扭扭地在土路上驶过。我听见一只钟在薄雾蒙蒙的远方敲响,蜂箱自动打开,所有的蜜蜂都迎着乳黄色太阳飞过去,飞成各种神奇的队列,而紫云英花朵馥郁清新,每一朵都像一只琴键被风的手指弹奏。当蜜蜂飞上去田野里的声音有如一场细雨你觉得你走在一场芬芳充满音乐的细雨中。我梦见养蜂人微笑着对我说:"这多好,你身上背了一只大蜂箱。"我真的梦见我光着脊背背了一只巨大的蜂箱在紫云英地里走。我总听见蜜蜂在我耳边嗡嗡地鸣叫,看见蜂翅在四面八方闪烁银色的光芒。我觉得养蜂人领我经过的地方非常熟悉,但我怎么也分辨不出那是什么地方,好像是泥江城外,好像是我的家乡小镇,又好像哪里也不是而是一个遥远神秘的新世界。

我是在清泉浴室里做这个梦的。你知道梦里的蜂鸣实际上是淋浴龙头的溅水声。这未免让人沮丧。赤裸的城市人趿着木屐在浴室里行色匆匆,而我却熟睡着做这个荒唐无聊的梦。我

你好,养蜂人　　227

不知道怎么会喜欢上了浴室这个鬼地方。我老觉得头发上脚上身上有汽油味烂瓜果味有灰尘还有珍珠霜法国香水的怪味，怎么洗也洗不干净。我甚至还喜欢上了修脚老头的全活，他一走过来我就主动地把脚架到他的膝盖上，说："全活。"

"怎么样，上瘾了吧？"修脚老头狡黠地对我说。

"不知道。"我说，"我反正没事干。"

"凡事就怕你沾，你一沾就上瘾了。上了瘾就收不住了。"

噗嘟。噗嘟。我听着这声音就觉得梦里的一切都模糊起来。修脚老头的手是不是有魔力？在城市里待长了你就会有一手魔力，你就要靠这一手魔力吃饭。

老头说："人活着也就是上澡堂泡泡快活了。还有什么？从前有鸦片白面。那玩意也就是怕上瘾，瘾一来家破人亡不说死了还欠一屁股债。没意思啊。"

老头说："还是泡澡堂好啊花不了几个钱图个全身轻快，我在澡堂修了几十万臭脚了，我想泡一泡就是没工夫。没什么意思啊。"

老头又说："我还是上班快活些下班回家还是受气，我有三个儿子，三个儿子结婚花五千元钱我哪里还有存款呢？儿子媳妇今天等我开家庭会议，他们要把金锁卖了买彩电，金锁是祖上传下来的，我就是把金锁吞进肚子里也不能给他们狗杂种，他们要就来开我的膛挖开我的胃吧。"

我迷迷糊糊听着修脚老头的唠叨。我从衣服口袋里找钱给他时，猛然发现老头流了眼泪。他呆滞地看着我的脚，伸手摸了摸又推开了,然后他说了声"没意思"就走开了。我从来没见过老头哭,老头一流眼泪你真不知如何是好。

我记得是元旦前一天我最后一次去了清泉浴室。我走出池子时看见浴室里一片骚乱。有人喊着"锅炉房锅炉房"有人手忙脚乱地围着浴巾朝锅炉房跑,我拉住一个人问:"怎么啦?"那人一边跑一边说:"吞金啦。"我说:"是谁吞金啦?"另一边有人回答:"老田,修脚的老田吞金啦。"我跟着他们往锅炉房跑,跑到锅炉房时我发现朝向大街的门打开了,街上也围了好多人看着四个白大褂把老田往救护车上抬。我不能再往前跑。救护车很快地呼啸而去。我想起老田给我做全活的情景,这是一件不可思议的事情。我想那个老田怎么开玩笑似的说吞金就真的吞金了呢。我不明白他为什么要对三个儿子媳妇生这么大的气。

就是元旦的前一天我从清泉浴池回旅馆时看到门缝里塞了一封信。我一看信封上那蝌蚪般的字迹就大声叫了起来:"养蜂人。"信封里是一角《南津晚报》,我看见报纸的一角画了一张图,图下写着几句潦草难辨的诗句:

四面是城市
中心是你家
养蜂人在天上
你来找我吗

我从来没读过这样混账透顶的信。但我不相信养蜂人的出现就是为了作弄我。我拿着那一角《南津晚报》去找服务员，我说："这封信是你塞进门缝的吗？"她说："没有。"我又问："那你看见有一个养蜂人来过吗？"她厌烦地说："没有没有。我没有看见什么养蜂人。"她拧过脸去又低低地骂："神经病。"

我跑到百子街上巡视街上的人流。街上拥挤着五颜六色的人群五颜六色的汽车摩托车售货车。没有高个子细长眼睛络腮胡子黑皮夹克那个养蜂人。风从街口吹来，卷起地上的最后几片梧桐落叶。有一个中学生把微型半导体收音机装在衣袖里回家，我听见女播音员在播送天气预报："明天阴有小雪西北风五到六级。"

这是一九八六年最后一个冬天日子，在一座城市的一条街道上。

又是一个微雪的傍晚，我由西向东从百子街的和平旅社走到火车站。我挤在等待检票的队伍中心里寂静空旷，我跟着杂乱喧闹的队伍往检票口一点一点地移动，身后是我的第九座都市。事情就是这样，你总是离开一个地方再去另外一个地方。你想不出其他生活的方法。

我得坐在火车上决定目的地。

我永远不回家，因为我发过誓。

我想在哪儿下车就在哪儿下车,问题是我不知道养蜂人躲到哪里去了。中国这么大,你要找一个养蜂人多不容易。谁来告诉我养蜂人躲到哪里去了?人人都在忙碌,谁有工夫来告诉我养蜂人躲到哪里去了?

(1989年)

```
图书在版编目（CIP）数据

红粉/苏童著.-上海：上海文艺出版社.2020（2025.7重印）
（苏童作品系列：新版）
ISBN 978-7-5321-7460-7

Ⅰ.①红… Ⅱ.①苏… Ⅲ.①中篇小说－小说集－中国－当代 Ⅳ.①I247.5

中国版本图书馆CIP数据核字(2020)第027385号
```

发 行 人：毕　胜
责任编辑：李　霞
装帧设计：谢　翔

书　　名：红　粉
作　　者：苏　童
出　　版：上海世纪出版集团　上海文艺出版社
地　　址：上海市闵行区号景路159弄A座2楼　201101
发　　行：上海文艺出版社发行中心
　　　　　上海市闵行区号景路159弄A座2楼206室　201101　www.ewen.co
印　　刷：崇明裕安印刷厂
开　　本：890×1240　1/32
印　　张：7.375
插　　页：2
字　　数：147,000
印　　次：2020年4月第1版　2025年7月第3次印刷
ＩＳＢＮ：978-7-5321-7460-7/I·5933
定　　价：37.00元
告 读 者：如发现本书有质量问题请与印刷厂质量科联系　T:021-59404766